हिन्द पॉकेट बुक्स

फुटबॉल मैच

सचमुच यह एक खेल–कथा है। फुटबॉल जैसे सबसे लोकप्रिय खेल की कहानी, इसमें एक छात्र की सच्चाई है, ईमानदारी है और ग़रीबी के बावजूद कभी भी समझौता न करने की शक्ति है। इस कहानी के हीरो छात्र और शानदार खिलाड़ी की मां की बीमारी उसे कर्त्तव्य के रास्ते से डिगाने की बड़ी कोशिश करती है, पर आख़िर सत्य के पथ की जीत होती है और फुटबॉल मैच का सेहरा भी उसी के सर बंधता है।

सभी बच्चों और किशोरों को कहानी पढ़कर खेल का आनंद भी मिलेगा। ऐसा लगेगा, जैसे मैच उनकी आंखों के एकदम सामने चल रहा है। एक सचित्र कथा और परीक्षा के लिए प्रश्नोत्तरी।

सुरुचिपूर्ण एवं ज्ञानवर्धक उपन्यास

फुटबॉल मैच

संतोष नारायण नौटियाल

हिन्द पॉकेट बुक्स
पेंगुइन रैंडम हाउस इम्प्रिंट

हिन्द पॉकेट बुक्स

यूएसए | कनाडा | यूके | आयरलैंड | ऑस्ट्रेलिया | सिंगापुर
न्यू ज़ीलैंड | भारत | दक्षिण अफ्रीका | चीन

हिन्द पॉकेट बुक्स, पेंगुइन रैंडम हाउस ग्रुप ऑफ़ कम्पनीज़ का हिस्सा है,
जिसका पता global.penguinrandomhouse.com पर मिलेगा

पेंगुइन रैंडम हाउस इंडिया प्रा. लि.,
चौथी मंजिल, कैपिटल टावर -1, एम जी रोड,
गुड़गांव 122 002, हरियाणा, भारत

पेंगुइन
रैंडम हाउस
इंडिया

प्रथम संस्करण हिन्द पॉकेट बुक्स द्वारा 2012 में प्रकाशित
यह संस्करण हिन्द पॉकेट बुक्स में पेंगुइन रैंडम हाउस द्वारा 2022 में प्रकाशित

10 9 8 7 6 5 4 3 2

इस पुस्तक में व्यक्त विचार लेखक के अपने हैं, जिनका यथासंभव तथ्यात्मक सत्यापन किया गया है, और इस संबंध में प्रकाशक एवं सहयोगी प्रकाशक किसी भी रूप में उत्तरदायी नहीं हैं।

ISBN 9789353491628

मुद्रक : मणिपाल टेक्नॉलजीस् लिमिटेड, भारत

www.penguin.co.in

MIX
Paper | Supporting responsible forestry
FSC www.fsc.org FSC® C043100

This is a legitimate digitally printed version of the book and therefore might not have certain extra finishing on the cover.

फुटबॉल मैच

सिद्धार्थ कमरे में किताब पढ़ता हुआ
तथा उसकी मां जमुना एवं चंडीदेवी

जमुना आंगन में बैठी बरतन मांज रही थी, तभी भीतर से तीव्र स्वर में पुकार आई, "सिद्‌दू की मां!"

और स्वर के पीछे-पीछे स्वर की मालकिन चंडीदेवी आंगन में खुलने वाले एक कमरे के दरवाज़े पर आकर खड़ी हो गई। उसने फिर कहा, "सिद्‌दू की मां, सिद्धार्थ दो दिन से चिंटू को सैर कराने नहीं ले गया है। आज उससे कह देना कि शाम को जल्दी घर आ जाए, नहीं तो अच्छा नहीं होगा।"

"कह दूंगी।"

और तुम भी जरा जल्दी-जल्दी हाथ चलाओ; सारा दिन इन चार बरतनों में लगा दोगी, तो बाकी काम कौन करेगा, मैं?

चंडीदेवी भुनभुनाती रही – "पता नहीं कहां-कहां से लाकर मेरी छाती पर रख दिए। बस, खाने भर के हैं, कामचोर कहीं के!"

जमुना बरतन साफ़ करके आंगन के एक कोने में बनी कोठरी की ओर गई। उसका चौदह वर्षीय बेटा सिद्धार्थ अपनी पुस्तक पढ़ने में तल्लीन था। उसे जमुना के भीतर आने का पता भी नहीं चला था। जमुना थोड़ी देर अपने बेटे को निहारती रही फिर पास जाकर धीरे से उसके सिर पर हाथ फेरा।

"तुम कब आईं मां?"

"अभी आई बेटा!"

"क्या काम ख़त्म हो गया?"

"ख़त्म नहीं हुआ।"

"बेटा, तुमसे एक बात कहनी है।"

"मां सुनो, मुझे भी एक ज़रूरी बात कहनी थी तुमसे, बहुत जरूरी।"

"क्या बात है बेटा?"

"नहीं, पहले तुम बताओ।"

"नहीं, तू बता।"

"पहले तुमने कहा था।"

"तू छोटा है, पहले तेरी बात सुननी चाहिए। बता, क्या बात है?"

"मां, आज मैं स्कूल से देर से आऊंगा।"

"नहीं बेटा, आज तो जल्दी आना पड़ेगा। यही बात कहने तो मैं आई थी। तेरी मामी गुस्सा कर रही थीं कि दो दिन से चिंटू को शाम को सैर कराने नहीं ले गया। आज भी नहीं ले गया, तो पता नहीं क्या मुसीबत खड़ी हो जाएगी।"

“लेकिन मां, मैं तो एक हफ़्ते तक शाम को रोज़ देर से आऊंगा।”

“क्यों?”

“फुटबॉल प्रैक्टिस करनी है।”

“ऐसी क्या बात है इन सात दिनों में कि तुम्हें खेलने जाना ही पड़ेगा?”

“आज शनिवार है न। आज से ठीक आठवें दिन अगले शनिवार को हमारे स्कूल का मैच है, जो हमें हर हालत में जीतना ही है।”

“ऐसा कैसा मैच है वह?”

“मां, यह प्रतियोगिता पूरे स्कूलों के बीच होती है, जिसमें आठवीं क्लास तक के लड़के खेल सकते हैं। हमारा स्कूल दो साल से यह प्रतियोगिता जीत रहा है। अगर इस साल भी जीत गए, तो वह काम हमेशा ही के लिए हमारे स्कूल का हो जाएगा। आज तक कोई स्कूल यह काम नहीं कर सका है। कल का मैच जीतकर हम लोग फ़ाइनल में पहुंच गए हैं। अगले शनिवार को फ़ाइनल मैच है।”

“अरे बेटा, खेलकूद से पेट थोड़े ही भरेगा। पढ़ने पर कब ध्यान देगा?”

“यह तो मैं शाम को बताऊंगा और खेल के लिए कुल एक हफ़्ते की ही तो बात है।”

"एक हफ़्ता तो बहुत होता है बेटा! अगर तू एक दिन नहीं भी गया, तो कोई बात नहीं और बच्चे खेल लेंगे।"

"लेकिन मां, स्कूल की टीम का कप्तान तो मैं हूं। मैं ही नहीं जाऊंगा, तो टीम के दूसरे लड़के भी वैसा ही करेंगे। फिर जीतेंगे कैसे? अच्छा मां, आज शाम चिंटू को सैर तुम करा देना। कल इतवार है न। कल सवेरे मैं उसे एक घंटा सैर करा दूंगा। मेरी अच्छी मां!"

सिद्धार्थ अपनी मां से लिपट गया। जमुना डबडबाई आंखें लिए उसके सिर पर हाथ फेरती रही। एकाएक जमुना के मुख से आह निकली और वह पेट पकड़कर दोहरी हो गई।

"क्या हुआ मां?" सिद्धार्थ चिल्लाया और उसने जमुना को सहारा देकर चारपाई पर बैठा दिया। उसने कहा, "मां, फिर तुम्हारे दर्द शुरू हो गया, तुम डॉक्टर के पास क्यों नहीं चलतीं?"

"अरे डॉक्टर की फ़ीस देने के लिए पैसे कहां हैं?"

"तो सरकारी अस्पताल चलते हैं, वहां तो फ़ीस नहीं लगती।"

"वहां तो कई बार जा चुकी हूं। वहां की दवा से आराम नहीं होता।"

"मैं मामा से बात करता हूं, तुम लेट जाओ।"

उसी समय चंडीदेवी की ऊंची आवाज फिर सुनाई दी, "अरे कहां चली गई सारा काम छोड़कर? हे भगवान! कैसी बुरी घड़ी में इन्हें लाई थी। मेरा तो नाक में दम हो गया है।"

यह कहते-कहते चंडीदेवी जमुना की कोठरी के दरवाज़े पर आकर खड़ी हो गई और चिल्लाकर बोली, "अभी घर का सारा काम पड़ा है और महारानी यहां आराम कर रही हैं!"

"मां के पेट में दर्द है मामी!"

"अरे मैं सब जानती हूं ये बहाने। जहां काम करना पड़ा, दर्द हो जाता है। खाते समय क्यों नहीं होता?"

"क्या काम है मामी, लाओ, मैं कर देता हूं।"

जमुना बैठते हुए बोली, "तू रहने दे बेटा, मैं कर लूंगी।" फिर उसने चंडीदेवी से कहा, "भाभी, थोड़ी देर में दर्द कम हो जाएगा, तब मैं सारा काम कर लूंगी।"

"और नाश्ता कौन बनाएगा, मैं? उन्हें दुकान पर जाना है। देखो सिद्दू की मां, मैंने तुम दोनों को दया करके अपने घर में रख लिया था, तो इसके माने यह नहीं कि तुम मां-बेटे को पड़े-पड़े खिलाऊंगी भी। उसे पढ़ने और खेलने से फुर्सत नहीं है और तुम्हें बीमारी से। तुम लोग अपना कोई और घर देख लो।"

"ऐसा मत कहो भाभी, तुम्हारी दया हम कैसे भूल सकते हैं!" जमुना ने कहा, लेकिन उसकी आंखों के सामने वह दृश्य घूम गया, जब सिद्धार्थ के पिता की तेरहवीं के दिन सब नाते-रिश्तेदार इकट्ठे हुए थे। मामा रामदेव ने पूछा था, "सुना है, तुम यहां से जा रहे हो, क्यों?"

"जो कुछ हुआ, उसके बाद यहां कैसे रह सकती हूं?"

“कहां जाओगी?”

“यह तो अभी सोचा नहीं। कहीं भी जाऊं, यहां नहीं रहूंगी। मुझे अपने बच्चे की जान की चिन्ता लगी रहेगी।”

“मेरे घर चलो?”

“सच भैया?”

“भई मुझसे तुम्हारी यह हालत देखी नहीं जाती। चचेरी सही, लेकिन हो तो आख़िर बहन ही।”

“भैया, मैं तुम्हारा यह उपकार जीवन-भर नहीं भूलूंगी। मैं तुम्हारे ऊपर बोझ नहीं बनूंगी। मैं घर का सारा काम कर दिया करूंगी।”

“नहीं-नहीं, उसकी कोई ज़रूरत नहीं होगी। काम-काज के लिए तो नौकर है ही। तुम तैयार हो जाओ चलने के लिए।”

जमुना से बात करके जब रामेदव बाहर निकला, तो चंडीदेवी ने रामदेव को आड़े हाथों लिया, “क्यों दूसरों की बला अपने सिर पर ले रहे हो?”

“अरे बला नहीं, सोना है सोना! घर का सारा काम-काज करेगी, तुम बैठी राज करना। नौकर-चाकरों का क्या, आजकल नाक पर मक्खी नहीं बैठने देते। एक बात बोल दो, तो छोड़ने की धमकी देते हैं। इसे कहां जाना है? जिंदगी-भर के लिए नौकरों की हाय-हाय से छुट्टी मिल जाएगी।”

जमुना का ध्यान चंडीदेवी की आवाज़ से टूटा। वह फिर चिल्ला उठी थी, "अरे सिद्दू! मामा के नहाने के लिए जरा बाल्टी में पानी तो भर दे।"

"अभी आया मामी!" सिद्धार्थ ने कहा किन्तु जमुना ने उसे रोक दिया और कहा, "तू रहने दे, मैं जा रही हूं।" वह उठने का प्रयत्न करने लगी, किन्तु सिद्धार्थ ने उसे उठने नहीं दिया।

बाहर जाकर सिद्धार्थ ने आंगन के नल से दो बाल्टी पानी भरा और स्नानगृह में रख दिया। पानी रखने के बाद वह अपने मामा के पास गया।

"मामा, नाहने के लिए पानी रख दिया है।"

"किसने रखा, तूने?"

"हां।"

"क्यों, जमुना कहां है?"

"मां के पेट में फिर दर्द हो रहा है।"

"अरे!"

"मामा, किसी अच्छे डॉक्टर से मां का इलाज करवा दो।"

"अच्छे डॉक्टर की फ़ीस भी तो अच्छी होगी। वह कहां से आएगी? उसे तो किसी सरकारी अस्पताल में ले जाओ।"

"वहां तो कई बार जा चुकी हैं, लेकिन आराम नहीं होता।"

"होगा कैसे? उसकी बीमारी दवा से नहीं, ऑपरेशन से ठीक होगी।"

"ऑपरेशन? क्या... क्या बीमारी है मां को?"

"पथरी है। ऑपरेशन से निकालनी पड़ेगी।"

"तो ऑपरेशन ही करा दो।"

"देख बेटा सिद्दू, प्राइवेट डॉक्टर और दवा के दाम भरने लायक पैसे तो मेरे पास नहीं। सरकारी अस्पताल में भर्ती कराने की कोशिश कर सकता हूं, लेकिन वहां पहले ही इतनी भीड़ है कि भर्ती हो या न हो, इसका क्या ठिकाना। फिर भर्ती हो भी गई तो पलंग नहीं मिलेगा। पड़ी रहेगी किसी बरांडे में जमीन पर। फिर ऑपरेशन हो जाएगा तो कहेंगे, दवाई नहीं है, बाज़ार से लाओ, तो वह कहां से आएगी? और जो बिना दवा के मर गई तो फिर तू मेरे सिर हत्या लगाएगा।"

"मामा, अगर मेरी मां बिना दवा के मर गई तो मैं क्या करूंगा?"

"करना क्या है, थोड़े दिन रो-पीट के चुप हो जाएगा। जाने वाले को कौन रोक सकता है! तेरा बाप मरा था, तब तूने क्या किया था?"

"मामा, मेरी मां को बचा लो, मैं तुम्हारे पांव पड़ता हूं।"

"मामा, मुझे मां के इलाज के लिए कुछ रुपये दे दो। मैं तुम्हारी

एक-एक पाई चुका दूंगा।" चंडीदेवी ने, जो उधर ही आ रही थी, आख़िरी बात सुनी। आकर बोली "क्या चुका देगा?"

"जमुना के इलाज के लिए रुपये मांग रहा है।" मामा ने कहा।

"अरे रुपये हैं कहां, जो दे दे! तुम दोनों का पेट भर दें और तन ढक दें, इतना ही हो जाए, तब भी बहुत है। इलाज के लिए पैसा कहां से लाएं और थोड़ी देर के लिए मान लो कि कहीं से उधार करके पैसा ले भी आएं और तुझे दे दिए, तो लौटाएगा कहां से? फ़ीस तक तो तू और तेरी मां जुटा नहीं सकते थे।" चंडीदेवी ने कहा।

मामा ने बात सही कही थी। पहले हर महीने फ़ीस चुकाने की समस्या रहती थी। सिद्धार्थ पढ़ने में अच्छा था, खेल में और भी अच्छा। अध्यापकों और छात्रों, सबका प्यार था, लेकिन फ़ीस जमा करने के दिन वह सबसे आंखें चुराता फिरता था। फ़ीस मामा से ही मांगनी पड़ती थी। वह कभी भी समय पर फ़ीस नहीं देता था। बार-बार कहना पड़ता था। फ़ीस देने के समय घर में हर बार क्लेश होता था। उसकी मां ने किसी और घर में काम करके फ़ीस जुटानी चाही, तो घर से निकाले जाने की धमकी मिली। एक बार जब फ़ीस देने में इतनी देरी हुई कि नाम कटने की नौबत आ गई, तो मामला प्रिंसिपल साहब के पास तक गया। प्रिंसिपल ने उसे बुलाकर कहा —

"सिद्धार्थ, तुम्हारी शिकायत आई है कि तुम कभी भी फ़ीस

समय पर नहीं देते। इस बार तो तुम्हारा नाम कटने वाला है। क्या बात है, फ़ीस समय पर क्यों नहीं देते?"

सिद्धार्थ बिना उत्तर दिए आंसू बहाता रहा।

"क्या हुआ!" प्रिंसिपल ने चिंतित होकर पूछा।

वह तब भी चुप रहा, तो फिर पूछा, "अरे कुछ बोलेगे भी, क्या हुआ?"

"सर, मैं फ़ीस नहीं दे सकता।" सिद्धार्थ ने किसी प्रकार कहा।

"क्यों, तुम्हारे पिताजी क्या करते हैं?"

"पिताजी नहीं हैं।"

"ओह! तो फिर...मेरा मतलब है, घर का खर्च कैसे चलता है?"

"मेरे एक रिश्ते के मामा हैं। मेरी मां उनके घर में काम-काज करती है। वहीं हम रहते हैं।"

"तुम्हारे घर में और कौन हैं – कोई भाई, बहन?"

"मेरी मां और मैं, बस दो ही हैं। नाना, दादा, मामा कोई नहीं हैं।"

"तुम्हारे पिताजी क्या करते थे।"

"स्कूल में मास्टर थे।"

"क्या हुआ था उन्हें?"

प्रिंसिपल साहब सिद्धार्थ को अपने स्कूटर पर बैठाकर एक बड़े बगीचे में ले गए। उन्होंने उसे एक छोटा-सा पौधा दिखाया, जिसके ऊपर फूस से छाया की हुई थी और कांटे की बाड़ थी। फिर उन्होंने उसे एक विशाल वृक्ष दिखाया जिस पर फूल-पत्तों से लदी एक बेल चढ़ी थी, और पूछा –

"यह बेल इतनी ऊंची कैसे गई?"

"इस पेड़ के सहारे।" सिद्धार्थ ने उत्तर दिया।"

"यह पेड़, जो आज इस बेल को सहारा दे रहा है, कभी उस छोटे पौधे जैसा था, जिसे धूप, आंधी, पाले और जानवरों से बचाने के लिए बाड़ और फूस के छप्पर का सहारा चाहिए था। बड़े होकर जीवन में कुछ बन सके, तो यह बात मत भूलना... और हां, तुम चिंता मत करना, तुम्हारी इस महीने की फ़ीस जमा हो जाएगी।"

यह दो वर्ष पहले की बात थी, जो सिद्धार्थ की आंखों के सामने घूम रही थी।

"अरे कब तक पत्थर की तरह खड़ा रहेगा?" मामी ने कहा और सके स्वर में सिद्धार्थ सोच रहा था कि प्रिंसिपल साहब से अपनी ां की बीमारी के विषय में कहे, लेकिन संकोच वश चुप रह गया। कस-किस चीज़ के लिए उनकी सहायता ले? स्वयं वह कभी उनसे या कोई चीज़ नहीं मांगता था, लेकिन पता नहीं, कैसे वे हमेशा की आवश्यकता को समझ जाते थे और पूरा कर देते थे। बदले ुछ भी नहीं चाहते थे। नहीं, वह उन्हें अधिक तंग नहीं करेगा, ार्थ ने निश्चय कर लिया और तभी वह स्कूल पहुंच गया।

"उन्होंने परीक्षा में एक लड़के को नकल करते पकड़ लिया था। उस लड़के ने छुरा मार दिया। कुछ दिन अस्पताल में रहे, कुछ दिन घर में फिर...फिर..."

"फिर क्या हुआ था?"

"जो कुछ पैसा था, वह कुछ इलाज में खर्च हो गया, कुछ लोगों ने खा लिया। उनकी मृत्यु के बाद उस घर में रह नहीं सकते थे, किराये के पैसे नहीं थे। ये मामा अपने साथ ले आए। मां घर का सारा काम करती है, मैं भी कुछ कर लेता हूं, जब समय मिल जाता है और मामा रहने के लिए एक कोठरी, खाना और कपड़ा दे देते हैं। फ़ीस देने में हमेशा देर करते हैं।"

"हूं...अच्छा, तुम फ़ीस माफ़ करने के लिए एक प्रार्थना-पत्र दे दो, मैं तुम्हारी फ़ीस माफ़ कर दूंगा। पुस्तकें लाइब्रेरी से ले लेना लाइब्रेरी में न हों, तो मुझे बताना और मैं कोशिश करूंगा कि तु कोई स्कॉलरशिप मिल जाए, फिर भी अगर कभी किसी चीज़ ज़रूरत हो, तो मुझसे कहना।"

"सर, एक बात कहूं?"

"कहो।"

"मैं स्कूल या आपके ऊपर बोझ नहीं बनना चाहता। अ दें, तो मैं सवेरे-शाम आपके घर काम कर दिया करूंग

प्रिंसिपल कुछ देर चुपचाप बैठे खिड़की के बाहर एकाएक बोले, "चलो मेरे साथ।"

स्कूल के एक कमरे में छात्र-छात्राएं अपनी-अपनी बेंचों पर बैठे थे। एक ओर छात्र, दूसरी ओर छात्राएं। सिद्धार्थ आगे की बेंच पर बैठा था। सामने डेस्क पर उसकी पुस्तकें और कॉपियां थीं। बराबर वाली लड़कियों के बेंच पर अन्य छात्राओं के साथ राधिका बैठी थी। मास्टरजी के लिए मंच पर मेज-कुर्सी थीं। मेज पर कुछ पुस्तकें तथा पतली कॉपियों का एक बंडल था। मास्टरजी इतिहास पढ़ा रहे थे।

"तो इस प्रकार भारत का इतिहास हमें यह सिखाता है कि जब-जब हमारे देश में फूट रही, लोग आपस में एक-दूसरे से लड़ते रहे, तब-तब बाहर की शक्तियों ने हमें हरा दिया और हमारे देश पर राज्य करते रहे। यूनानी, हूण, शक, तुर्क, मुग़ल, फ़्रांसीसी, पुर्तगाली, डच और अंग्रेज़, सबने हमारी इस कमज़ोरी का फ़ायदा उठाया और अंत में देश एक हुआ, तो हमने अंग्रेजों जैसी संसार की सबसे बड़ी शक्ति को भी ख़त्म कर दिया और देश स्वतन्त्र हो गया। देश स्वतन्त्र कब हुआ था, तुम बताओ, बाबूलाल!"

"जी, मैं तब पैदा नहीं हुआ था।" बाबूलाल ने उत्तर दिया।

"तुम्हें शर्म आनी चाहिए।" मास्टरजी ने डांटा फिर कक्षा से पूछा, "कौन बता सकता है?"

लगभग सारे हाथ उठ गए।

"तो बताओ, देश स्वतन्त्र कब हुआ?"

पूरी कक्षा ने एक स्वर में कहा, "पन्द्रह अगस्त, 1947।"

"शाबास!" मास्टरजी ने कहा और पढ़ाई फिर आरम्भ की, "हमें स्वतंत्रता तो मिली, किन्तु हिन्दू-मुसलमानों के झगड़ों ने देश के टुकड़े कर दिए।"

"हमारे देश में सब कुछ है – लोहा, कोयला, लकड़ी, खनिज, तेल, खेती, उद्योग धंधे, व्यापार, अपार जनशक्ति, फिर भी हम ग़रीब और कमज़ोर हैं, क्यों? इसलिए कि आज भी आपस में फूट है। हर आदमी केवल अपने बारे में सोचता है। अपना-अपना घर भरने के लिए देश को खोखला बना रहे हैं। देश के बारे में कोई नहीं सोचता। सोचने लगे, तो हमारा देश समृद्ध, शक्तिशाली और सुन्दर हो सकता है।"

पढ़ाना समाप्त करके मास्टरजी बोले, "अब तुम्हें प्रतियोगिता का परिणाम बताते हैं। तुम्हें मालूम है, लेख का विषय था, 'हमारा सुन्दर देश।' तुममें से कई छात्रों ने अच्छे लेख लिखे हैं। सबसे सुन्दर लेख है सिद्धार्थ शर्मा का। उसे मैं अपनी ओर से पंडित जवाहरलाल नेहरू की प्रसिद्ध पुस्तक 'भारत की खोज' इनाम में देता हूं।"

तालियों की गड़गड़ाहट के बीच सिद्धार्थ ने मास्टरजी से अपना इनाम लिया। मास्टरजी फिर बोले, "दूसरा इनाम जीता है कुमारी राधिका गुप्त ने। उसे मैं महात्मा गांधी की पुस्तक 'सत्य के मेरे अनुभव' इनाम में देता हूं।"

तालियां फिर गूंजी। राधिका ने अपना इनाम लिया। कक्षा समाप्त हुई। सिद्धार्थ चुपचाप जाने लगा, तो राधिका ने उसे रोककर कहा – "सिद्धार्थ, फ़र्स्ट आने पर बहुत-बहुत बधाई।"

मास्टर जी ने सिद्धार्थ शर्मा एवं कुमारी राधिका गुप्त को इनाम दिया

"और तुम्हें भी इनाम पाने की बधाई।" सिद्धार्थ ने बिना उत्साह के कहा।

"आज कुछ उदास लग रहे हो, इनाम पाकर भी खिले नहीं, क्या बात है?"

"कुछ नहीं।"

"कुछ तो है। मुझे नहीं बताओगे?" राधिका ने पूछा।

सिद्धार्थ कुछ क्षण चुप रहा, फिर बोला, "मां बहुत बीमार है।"

"क्या हुआ?"

"मामा कहते हैं, पथरी है।"

"वह क्या होता है?"

"स्टोन, गॉल ब्लैडर स्टोन।"

"तो इलाज क्यों नहीं कराते?" सिद्धार्थ चुप रहा। उसने मुंह फेर लिया। कुछ देर बाद बोला, "इलाज के लिए पैसे नहीं हैं।"

"पैसे नहीं हैं, तो मैं दूंगी।"

"नहीं-नहीं, मैं तुमसे पैसे नहीं ले सकता।"

"क्यों नहीं ले सकते? वैसे नहीं, उधार तो ले ही सकते हो। जब तुम्हारे पास होंगे, तब लौटा देना। मैं आज ही पिताजी से बात

करूंगी। ख़ैर, अब इसकी चिंता मत करो और यह बताओ कि तुम्हारी फुटबॉल प्रैक्टिस कैसी चल रही है?"

"ठीक ही है।"

"फ़ाइनल में तो पहुंच गए न?"

"हां, लेकिन यह पता नहीं, तीसरी बार जीत पाते हैं या नहीं।"

"अगर एक लड़के का बस चले, तो कभी नहीं जीत पाओगे।"

"कौन लड़का?"

"मेरा भाई जयचंद।"

"हां, वह अच्छा खेलता है। उसके स्कूल की टीम भी अच्छी है। सेमीफ़ाइनल में तो पहुंच ही गई है, शायद फ़ाइनल में भी वही पहुंचेगी। आजकल तो जयचंद भी खूब प्रैक्टिस कर रहा होगा!"

"प्रैक्टिस कम कर रहा होगा, डींगें ज़्यादा मार रहा होगा।" राधिका ने कहा।

जयचंद ठीक वही कर रहा था। लालचंद हाई स्कूल की जूनियर हाई स्कूल टीम फुटबॉल के मैदान में अभ्यास कर रही थी। चौदह लड़कों में से टीम का चुनाव होना था। एक-एक लड़का गोल में था और छः-छः लड़के गोल के सामने विभिन्न दूरियों पर अलग दिशाओं में खड़े गोल में गेंद फेंकने का अभ्यास कर रहे थे। टीम

का कप्तान जयचंद लड़कों को डांट-फटकार रहा था, “अबे पैरों में मेहंदी लगी है क्या, जोर से क्यों नहीं मारता, जैसे मैं मारता हूं?”

“हत्तेरे की, रोकते क्यों नहीं, हाथ टूट गए क्या? अबे, गोल उधर है, उधर, बॉल कहां फेंक रहा है? बायां चला बायां, चला है लेफ़्ट आउट खेलने!”

प्रैक्टिस समाप्त हुई। कुछ लड़के जयचंद के पास आ गए। जयचंद ने कहा, “देखो, हालांकि गोल करने की प्रैक्टिस करनी है, लेकिन मैच में गोल मैं ही करूंगा। इसलिए गोल एरिया में सब लोग मुझे ही पास देना। बुध को सेमीफ़ाइनल है, मेरे कहने के अनुसार खेलोगे, तो फ़ाइनल में पहुंचने की गारंटी मेरी।”

“फ़ाइनल में तो पहुंच जाएंगे, लेकिन फ़ाइनल मैच पड़ेगा डी.ए.वी. से।” पहला लड़का बोला।

“तो क्या हुआ?” जयचंद ने पूछा।

“हुआ यह कि अब तक तो उनसे जीते नहीं।”

“इस बार जीतेंगे।”

“जब तक डी.ए.वी. की टीम में सिद्धार्थ है, तब तक जीतना असंभव नहीं, तो मुश्किल ज़रूर है।”

“अबे चल, बड़ा आया असंभव वाला!” जयचंद ने बिगड़कर कहा।

"देख जयचंद, तमीज से बात कर।" उस लड़के ने भी गुस्से से कहा। कई लड़कों ने बीच-बचाव किया।

एक अन्य लड़के ने कहा, "सिद्धार्थ इस जिले में सबसे अच्छा खिलाड़ी है, यह बात तो माननी ही पड़ेगी।"

"और मज़ेदार बात यह है कि जैसा अच्छा सेंटर फॉर्वर्ड, उतना ही अच्छा गोलकीपर है। जहां चाहे खेल सकता है।" किसी खिलाड़ी ने कहा।

"और अगर सिद्धार्थ मैच में कहीं भी न खेले तो?" जयचंद ने पूछा।

"तो मैच भी हमारा और कप भी।" उस लड़के ने कहा, "लेकिन ऐसा कैसे हो सकता है?"

"यह ऐसे हो सकता है कि सिद्धार्थ खेलेगा भी और फिर भी थारी टीम जीतेगी।" भागमल, जयचंद और राधिका के पिता के मुनीम ने जयचंद से कहा।

"लेकिन मुनीम चाचा, कैसे?" जयचंद ने फिर कहा।

"अरे वही बात तो सोच्चूं हूं। देक्खो भाई, थारी टांग तुड़वाने की अस्कीम..."

"मेरी टांग तुड़वाने की स्कीम? क्या कह रहे हो चाचा?"

"अरे मेरा मतलब है कि टांग सिद्धार्थ की टूटणी थी फेर अस्कीम तो थारी ही थी। मार-पीट की बात हमें अच्छी नहीं लगे है। जब

मुनीम भागमल जयचंद को फुटबॉल मैच जीतने की तरकीब बताता है

थोड़ा-सा दिमाग़ लगा के काम बण सके, तो फेर मारपीट की के ज़रूरत है...अच्छा, यो बताओ, अक डी.ए.वी. स्कूल का खेल मास्टर कोण है?"

"मास्टर ख्यालीराम।"

"वो कुछ पढ़ावे भी है या सिरफ खेल ही खिलावे है?"

"अंग्रेजी पढ़ाते हैं।"

"अच्छा तो कल ते मास्टर ख्यालीराम तमें अंगरेजी टिउसन पढ़ावेंगे।"

"लेकिन मुनीम चाचा, मुझे तो अंग्रेज़ी में ट्यूशन की ज़रूरत ही नहीं है।"

"मैं तो हिसाब में और भूगोल में फेल होता हूं।"

"तो फिर मास्टर ख्यालीराम तमें हिसाब का टिउसन पढ़ावेंगे।"

"लेकिन चाचा, स्कूल में तो वह हिसाब पढ़ाते ही नहीं, मुझे क्यों पढ़ाएंगे?"

"अरे गरज होगी तो फारसी भी पढ़ावेंगे, हिसाब की तो बात ही क्या? बेट्टा, तू मास्टरजी की फ़िकर मत ना करे। एक बात होर बता।"

कुछ देर पहले उन दोनों के जाने के बिना राधिका कमरे के बाहर आ गई थी और उन दोनों की बातें सुनकर ठिठक गई थी।

“क्या बात पूछ रहे थे चाचा?” जयचंद ने पूछा।

“वो छोरा, क्या नाम बताया था उसका?”

“किसका?”

“अरे वोही, तुम जिसकी टांग तुड़वान की बात कहो थे।”

राधिका कमरे में पुष्टि हो गई और उसने तेज स्वर में कहा, “मैं बताती हूं उसका नाम – सिद्धार्थ शर्मा। और यह टांग तुड़वाने की क्या बात थी मुनीम चाचा?”

“अरे बेटी, तू भी कैसी बात करे है? मैं तो यूं कहूं था कि वो सिद्धार्थ है न, जो थारी किलास में पढ़े है, वह बहौत अच्छा खेल्ले है। जो कहीं बेचारे की टांग टूट गई, तो बड़े दुख की बात होगी।”

“टांग क्यों टूटेगी उसकी?”

“खेलकूद में चोट-फेंट लग जा है।”

“अभी तक तो लगी नहीं, अब जब इनके स्कूल से फ़ाइनल मैच खेलने की आशा है, तो उनकी टांग टूट जाएगी?”

“ओहो! चोट भी कोई महूरत देख के लगे है?”

“मुनीम चाचा, चोट-वोट की बातें मत करो, वह बेचारा पहले ही परेशान है।”

“क्यों, क्यों? परेशानी किस बात की? क्या हुआ उसे?” मुनीम चाचा ने उत्सुकता से पूछा।

"उसे कुछ नहीं हुआ, उसकी मां बहुत बीमार है।"

"तो इलाज क्यूं नहीं कराते?"

"कौन कराए, उसके पिता तो है नहीं।"

"पिता नहीं तो कोई तो होगा उसका।"

"मां को छोड़कर और कोई नहीं है। अच्छा मुनीम चाचा, पापा कहां हैं?"

"वह तो बाहर गए हैं।"

"ओह!" कहकर राधिका चली गई।

मुनीम ने जयचंद से कहा, "इब तू फिकर मत ना करे, सब ठीक हो जाएगा।"

"कैसे हो जाएगा?"

"तुझे आम खाणे कि पेड़ गिनने? आ, तू अपनी प्रैक्टिस कर, मैच की फ़िकर छोड़।"

उस शाम सिद्धार्थ खेलने नहीं गया। उसकी मां चारपाई पर बैठी उसकी फटी हुई कमीज़ सी रही थी। सिद्धार्थ ने आते ही मां के पैर छुए और पूछा, 'मां, तबीयत कैसी है?'

"मैं तो ठीक हूं बेटा, लेकिन तू खेलने क्यों नहीं गया?" जमुना ने हाथ का काम रोकते हुए पूछा।

"तुम्हारी तबीयत जो ठीक नहीं थी मां!"

"मेरी तबीयत ठीक है। तू खेलने जा। मैच में दिन ही कितने रह गए हैं, जाकर तैयारी कर।"

तभी चंडीदेवी का स्वर सुनाई पड़ा, "सिद्दू! आ गया रे! चिंटू को सैर कराने ले जा।" यह कहती-कहती चंडीदेवी स्वयं भी कोठरी के द्वार पर आ गई।

जमुना ने कहा, "भाभी, चिंटू को सैर मैं करा लाऊंगी।"

"और घर का काम कौन करेगा?"

"वह भी मैं करूंगी, सैर कराने के बाद।"

"क्यों, घर का काम करने में तुम्हारे नवाबज़ादे की बेइज़्ज़ती होती है?" चंडीदेवी ने हाथ चमकाते हुए कहा।

जमुना कुछ देर तक चुपचाप चंडीदेवी की ओर देखती रही, फिर बोली, "मेरे सिद्धार्थ का बाप नहीं है, लेकिन मैं तो जिन्दा हूं। सिद्धार्थ घर का काम नहीं करेगा। जो कुछ करना है, मैं करूंगी।"

"अगर काम नहीं करेगा, तो यहां रहेगा भी नहीं। यहां कोई धर्मशाला नहीं खुली है।"

"ठीक है, हम दोनों ही यहां नहीं रहेंगे।"

"नहीं रहोगे तो जाओगे कहां?"

"दुनिया बहुत बड़ी है, कहीं भी चले जाएंगे।"

"चले तो जाओगे, लेकिन भूखे मरोगे।"

"जाओ।" चंडीदेवी ने आज्ञा दी।

"जितना काम यहां करती हूं, उतना करके तो चार आदमियों का पेट भर सकती हूं। हम तो दो ही हैं। सिद्धार्थ, तू खेलने जा।"

"मां, आज मैं खेलने नहीं जाऊंगा।" सिद्धार्थ ने कहा।

फिर सिद्धार्थ कुछ बोला नहीं, खेलने के कपड़े पहनकर चुपचाप कमरे से बाहर निकल गया।

सिद्धार्थ की टीम मैदान में खेल का अभ्यास कर रही थी। मैदान के एक सिरे पर एक लाइन में थोड़े-थोड़े अन्तर पर लकड़ी के खंभे गड़े थे। सिद्धार्थ तथा कुछ दूसरे लड़के गेंद लेकर तेज़ी से उन खंभों के बीच में से आगे बढ़ रहे थे – दायें, बायें, दायें, बायें...।

एक ओर गोल के सामने कुछ लड़के गेंद को गोल में फेंकने का अभ्यास कर रहे थे और गोलकीपर गेंद रोकने का। गोलकीपर गेंद को नहीं रोक पा रहा था। बार-बार गोल हो रहे थे। तब गोल में गेंद फेंकने वाला एक लड़का दौड़ता हुआ सिद्धार्थ के पास आकर बोला, "सिद्धार्थ!"

"क्या बात है?" सिद्धार्थ खंभों से अलग हटकर उस लड़के के पास आ गया।

"यार, यह गोली बदलना पड़ेगा।"

"क्यों, क्या हुआ?"

"अपना गोली नज़ीर तो बीमार पड़ा है। उसके बदले प्रकाश को ट्राई कर रहे थे, लेकिन ऐसा लगता है कि उसकी उंगलियां मक्खन की बनी हैं। एक भी बॉल नहीं रोक सकता।"

"घबरा क्यों रहा है, मैच के दिन तक नज़ीर ठीक हो जाएगा!" सिद्धार्थ ने कहा।

"नहीं होगा।"

"क्यों?"

"उसे टाइफ़ाइड (मियादी) बुखार हो गया है।"

"हूं...यह तो बड़ी मुश्किल हो गई।" सिद्धार्थ ने कुछ सोचते हुए कहा।

"एक काम क्यों नहीं करता?"

"क्या?"

"तू गोल पर खेल ले।"

"पागल हुआ है। फिर सेंटर फ़ॉर्वर्ड कौन खेलेगा?"

"प्रकाश को वहां पर खिलाकर देख सकते हैं या अशोक को ट्राई करो।"

"नहीं, फ़ाइनल के दिन सेंटर खेलने का दम प्रकाश में नहीं है और अशोक अकेला खिलाड़ी तो अच्छा है, लेकिन सैल्फ़िश है। सारे गोल खुद करना चाहता है। बार-बार गेंद छिनवाता रहेगा, लेकिन

पास नहीं देगा। लेकिन तू चिंता मत कर, हमारी टीम जीतकर रहेगी।"

"थारी टीम को हारना ही पड़ेगा मास्टरजी!" मुनीम भागमल डी.ए.वी. हायर सेकेंडरी स्कूल के खेल मास्टर ख्यालीराम के घर बैठे मास्टरजी से कह रहे थे, "और लालचंद हाई स्कूल की टीम को जीतणा ही है, जैसे भी हो।"

"यह नहीं हो सकता।" मास्टर ख्यालीराम ने कहा।

"सोच लो, मास्टरजी! दो सौ रुपया महीना टिउसन का मिलेगा।"

"आप मुझे रिश्वत दे रहे हैं?"

"रिसवत? राम-राम! बड़ी गंदी चीज़ है रिश्वत। या तो एक-दूसरे की मदद है। हमें थारी मदद चाहिए और तमें हमारी।"

"मुझे आपकी कोई मदद नहीं चाहिए।"

"चाहिए मास्टरजी, चाहिए।...थारी बेटी की सगाई हो रही है?"

"इससे आपको क्या मतलब?"

"इस हाथ ले उस हाथ दे।"

"मैं समझा नहीं?"

"बड़े भोले हो मास्टरजी! जो लड़केवालों को कोई या खबर दे दे कि थारी बेटी किसी से इश्क करे है..?"

“क्या बकते हो? यह झूठ है।”

‘तो मैं कब कहूं हूं कि सच है? पर लड़केवालों तो इसे सचे ही मानेंगे।’”

“निकल जाओ मेरे घर से।” मास्टर ख्यालीराम खड़े होकर चिल्लाए।

“मास्टरजी, जादे गर्मी नुकसान करे है, बैठ जाओ। अगर लालचंद हाई स्कूल जीतेगा, तो थारी बेटी की सगाई सुख-शांति ते हो जागी। खरच-पत्ते के वास्ते पांच हजार रुपै मिल जांगे पेसगी। होर जो थारी आत्मा इसे रिसवत मान्ने है, तो दो साल का टिउसन ठेक्का कर लो, ढाई सौ रूपै महीना...अच्छा, जै राम जी की।” मुनीम ने कहा और चला गया।

अगले दिन स्कूल की छुट्टी के समय भागमल मुनीम डी.ए.वी. हायर सेकेंडरी स्कूल के गेट पर खड़ा था। पास ही जयचंद खड़ा था। तभी दूर से सिद्धार्थ और राधिका आते दिखाई दिए। जयचंद ने कहा, “मुनीम चाचा, राधिका के साथ जो लड़का आ रहा है, वही है सिद्धार्थ।”

यह कहकर जयचंद चला गया। मुनीम भी एक ओर हटकर खड़ा हो गया। गेट के पास ही राधिका की कार खड़ी थी। राधिका और सिद्धार्थ कार के पास आए, राधिका ने कहा, “सिद्धार्थ, तुम चिन्ता मत करो। तुम्हारी मां के ऑपरेशन का प्रबंध हो जाएगा। तुम मन लगाकर खेल का अभ्यास करो। चार-पांच दिन तो बचे हैं फ़ाइनल में।” और कार में बैठकर चली गई।

सिद्धार्थ खेल के मैदान की ओर जाने के लिए मुड़ा तभी मुनीम सामने आ गया। उसने पूछा, "सिद्धार्थ थाराई नाम है?"

"जी।"

"सुना है, थारी माताजी बीमार है।"

"जी।"

उसी समय प्रिंसिपल साहब स्कूल के गेट की ओर आ रहे थे। उन्होंने मुनीम को सिद्धार्थ से बात करते देख लिया था और ठिठक गए थे। तभी कुछ लड़के उनके पास आकर उनसे कुछ बातें करने लगे और प्रिंसिपल साहब को रुकना पड़ा।

मुनीम ने सिद्धार्थ से पूछा, "किसका इलाज हो रहा है?"

"सरकारी अस्पताल के डॉक्टर का।"

"कुछ फ़ायदा हुआ?"

"नहीं।"

"तो किसी प्राइवेट डॉक्टर को दिखाओ।"

"आप हैं कौन?" सिद्धार्थ ने पूछा।

"थारे साथ राधिका बेट्टी पढ़े है न? मैं उनके पिताजी का मुनीम हूं।"

"क्या राधिका के पिताजी ने आपको भेजा है?"

मुनीम सिद्धार्थ को मैच हारने के लिए उकसाता है

"नहीं, उन्होंने तो नहीं भेजा है, पर मुझे राधिका से पता चला था कि थारी माताजी बीमार हैं। वैसे बीमारी क्या है?"

"पथरी है। ऑपरेशन कराना पड़ेगा।"

"तो फिर कराते क्यों नहीं? इस काम में देरी नहीं करनी चाहिए।" सिद्धार्थ चुप रहा। मुनीम ने फिर पूछा, "ऑपरेशन क्यूं नहीं कराते?"

"रुपये नहीं हैं।"

"रुपयों का प्रबन्ध हो जाएगा।"

"सच! मैं आपका अहसान जीवन-भर नहीं भूलूंगा।"

"अरे इसमें अहसान की क्या बात है? रुपै तमें मिल जांगे फेर तमें भी एक छोटा-सा काम मेरा करणा पड़ेगा।"

"मैं सबकुछ करने को तैयार हूं। मैं रात-दिन मेहनत करूंगा..."

"अरे वह सब कुछ करने की ज़रूरत नहीं है।"

"तब क्या करना होगा?"

"फुटबॉल टीम में थारी टीम को हारणा पड़ेगा।"

"क्या?"

"लालचंद हाई स्कूल से जब थारा मैच हो, तो उसमें लालचंद की टीम को जिताणा पड़ेगा।"

"यह नहीं हो सकता।"

"मां जिन्दगी में एक ही बार मिले है।"

"यह मैच भी मेरी ज़िन्दगी में पहली और आख़िरी बार आएगा।"

"सोच लो। बिना ऑपरेशन के थारी मां मर गी, तो फेर ज़िन्दगी-भर पछताओगे।"

"जान-बूझकर मैच हार गया, तो भी ज़िन्दगी-भर पछताना पड़ेगा।"

"मैच थारी मां की जान से बढ़ के है?"

"मैं यह काम नहीं कर सकता।" सिद्धार्थ ने कहा और चलने लगा, किन्तु मुनीम ने उसे रोककर कहा, "पहले मेरी बात सुन लो, फेर जाणा। अपनी तरफ जितने गोल करोओगे, उतने ही सौ-सौ रुपै के नोट मिलेंगे।"

"मैं गोल पर नहीं खेलता।"

"गोल पर तुम्हें खिलाणे का जिम्मा मेरा। बस, तुम गोल रोकण ा मत।"

"अगर मैं गोल पर खेला, तब भी ऐसा नहीं करूंगा।"

"सोच लो।"

"सोच लिया है। आप जाइए। मैं राधिका से आपकी शिकायत करूंगा।"

"तमें क्या मिलेगा? मैं सेठजी से कहके उसे किसी दूसरे हाई स्कूल में भर्ती करवा दूंगा। मेरी बात पर ठंडे दिमाग़ से सोचणा। बाप थारा है नहीं, एक मां है, वह भी इतनी बीमार है। मामा ने तो इलाज कराणा है नहीं। वा बेचारी ऐसी हालत में भी मेहनत-मजूरी करके तमें पाल रही है। तम अपणी जिद पे अड़े रहे, तो बेचारी बिना इलाज के मर जागी।"

"नहींऽ!" सिद्धार्थ चिल्लाया।

"थारी मां की जान थारे हाथ में है। अच्छा, मैं चलूं। जो थारा ख्याल बदले, तो मेरे से आके मिल लेणा।"

मुनीम चला गया, किन्तु सिद्धार्थ को एक तूफ़ान में छोड़ गया। उसके कानों में मुनीम के शब्द गूंजने लगे, 'मां ज़िन्दगी में एक ही बार मिले है...मैच थारी मां की जान से बढ़ के है?... सौ-सौ रुपै के नोट मिलेंगे...बेचारी बिना इलाज के मर जागी...'

कभी प्रिंसिपल साहब का चेहरा सामने आ जाता। वे कहते होते, "यह मैच तुम्हें जीतना ही है। सारे स्कूल की आंखें तुम पर हैं।' कभी मां का दर्द-भरा मुखड़ा सामने आता है। वह कभी अपना दुख नहीं कहती। चुपचाप पी जाती। हमेशा उसी का ध्यान रखती, 'बेटा, तू मेरी चिन्ता मत कर। मैं ठीक हूं। तू खेलने जा! भगवान करे, तू अव्वल आता रहे...'

कभी टीम के साथी सामने आते, "सिद्दू, इस बार तो जीतना ही है – कप हमेशा के लिए हमारा हो जाएगा – आज तक कोई स्कूल ऐसा नहीं कर सका है – यह मौक़ा फिर नहीं आएगा।'

तभी मुनीम फिर से पूछने लगता, 'मैच थारी मां की जान से बढ़ के है?'

सिद्धार्थ दुनिया से बेखबर यही सब सोच रहा था कि तभी कंधे पर किसी के हाथ का स्पर्श पाकर चौंक उठा। उसकी टीम का एक खिलाड़ी था। वह बोला, "सिद्धार्थ, तू यहां क्या कर रहा है? सारी टीम तुझे खोज रही है।"

"चलो।" कहकर सिद्धार्थ खेल के मैदान की ओर चला गया।

खेल में सिद्धार्थ का ध्यान नहीं था। गेंद लेकर भागता होता, तो एकाएक दर्द से तड़पती मां सामने आ जाती और वह गेंद को गोल में फेंकने के बदले किसी और तरफ़ ही फेंक देता और उसके साथी मुंह बाएं उसकी ओर देखते रह जाते। कभी खड़े-खड़े उसे राधिका का ध्यान आ जाता।

वह कहती होती, "सिद्धार्थ, मुनीम चाचा ने पिताजी से पता नहीं क्या कहा, उन्होंने मुझे स्कूल जाने से मना कर दिया है। किसी दूसरे स्कूल में पढ़ाएंगे। अब मैं तुमसे कभी नहीं मिल सकूंगी।"

सिद्धार्थ खड़ा रह जाता और गेंद उसके पास से निकल जाती। जब उसके साथी चिल्लाते तब उसका ध्यान टूटता है। जब यही सिलसिला चलता रहा, तो कई खिलाड़ी उसके पास आकर बोले,

"क्या हो गया है तुझे?", "नशा तो नहीं किया?", "कप्तान साहब, फ़ाइनल हरवाओगे क्या?" आदि।

"आज मेरी तबियत ठीक नहीं है।" कहकर सिद्धार्थ खेल के मैदान से चला गया, लेकिन नाचते चेहरों और गूंजती आवाजों ने उसका साथ नहीं छोड़ा।

घर पहुंचकर उसने देखा कि उसकी मां घर के काम-काज में लगी हुई थी। उसे थोड़ी तसल्ली हुई। उसने पूछा, "मां, अब दर्द कैसा है?"

डी.ए.वी. स्कूल की टीम के खिलाड़ी खेल के मैदान में झींक रहे थे। एक लड़का कह रहा था, "इस बार तो कप अपने हाथ से गया। गोलकीपर चारपाई पर बीमार है और... ।"

"कप्तान खड़ा-खड़ा बीमार है।" दूसरे लड़के ने वाक्य पूरा किया।

"क्या बात है?"

"सुना है, उसकी मां बीमार है।"

"अरे, तो मां को थोड़े ही खेलना है।" एक लड़के ने वाक्य पूरा किया।

"चुप बे, शर्म नहीं आती ऐसी बात कहते? अगर तेरी मां बीमार होती तब?"

"मेरे विचार से खेल-मास्टर से बात करनी चाहिए।"

"नहीं, प्रिंसिपल साहब से मिलना चाहिए।"

"यार, सिद्धार्थ को हो क्या गया है? यह तो जिले का सबसे अच्छा सेंटर फ़ॉर्वर्ड था, लेकिन आजकल तो जिले का सबसे ख़राब फ़ॉर्वर्ड भी इससे अच्छा खेलेगा।"

"यह ऐसा ही रहा तो स्कूल का बैंड बज जाएगा।"

"फिर क्या करें?"

"किसी और को फ़ॉर्वर्ड खिलाएं?"

"ऐसे कैसे हो सकता है? उसके बराबर गोल किए हैं किसी ने आज तक? कुछ भी कहो, उस जैसा सेंटर फ़ॉर्वर्ड तो है ही नहीं।"

"था, जब था। आजकल तो जैसे उसे गोल दिखाई ही नहीं देता।"

"तो करें क्या?"

"मास्टर साहब से बात करते हैं।"

"हां, यह ठीक है।"

लड़के खेल-मास्टर ख्यालीराम से मिले। उन्होंने कहा कि अगले दिन प्रिंसिपल साहब से बात करके ही कोई अन्तिम निर्णय लेंगे, क्योंकि इस मैच से सारे स्कूल की इज़्ज़त का सवाल था।

खेल मास्टर ने प्रिंसिपल से बात की, "सर, सिद्धार्थ को एकाएक पता नहीं क्या हो गया है!"

"क्या हुआ उसे?"

"खेल ही नहीं पा रहा है।"

"क्यों?"

"पता नहीं। हर समय खोया-खोया-सा रहता है, ऐसा लगता है, जैसे उसके दिमाग़ पर कोई बोझ है। वह कॉन्संट्रेट नहीं कर पा रहा है।"

"कारण क्या है?"

"यह तो मालूम नहीं।"

"मुझे तो एक डर है सर!"

"डर? कैसा डर?"

"अगर सिद्धार्थ का यही हाल रहा, तो उसे टीम से हटाना पड़ेगा।"

"क्या कह रहे हैं आप? सिद्धार्थ एक सर्वोच्च खिलाड़ी हीं नहीं, एक स्टार भी है। टीम का कप्तान है। उसके न रहने से हमारी टीम शरीर और मन से कमज़ोर हो जाएगी और विरोधी टीम का साहस बढ़ जाएगा।"

"तो फिर एक सुझाव है।"

"कहिए।"

“सिद्धार्थ को टीम में तो रखा जाए, लेकिन...”

“लेकिन?”

“गोल पर खिलाया जाए।”

“क्यों? नज़ीर अभी ठीक नहीं हुआ?”

“जी नहीं, और सिद्धार्थ गोलकीपर भी बहुत अच्छा है।”

“लेकिन क्या वह अपनी पोज़ीशन छोड़कर गोल पर खेलना पसंद करेगा?”

“क्यों नहीं। वह वहां खेलेगा, जहां हम उसे खिलाएंगे।”

“प्रिंसिपल साहब चुपचाप मास्टर ख्यालीराम को घूरते रहे, यहां तक कि मास्टरजी नर्वस हो गए और उनके माथे पर पसीना आ गया। वह होंठों पर जीभ फेरने लगे।”

प्रिंसिपल साहब ने चुप्पी तोड़ी, “मैं सिद्धार्थ से बात करूंगा।”

खेल-मास्टर ने चैन की सांस ली। वे प्रिंसिपल साहब के कमरे से बाहर जाने लगे। जैसे ही दरवाज़े पर पहुंचे, प्रिंसिपल साहब ने कहा, “मास्टरजी, जरा सुनिए।”

ख्यालीराम चौंककर घूमे और धीरे-धीरे पूछा, “जी, आपने मुझे कुछ कहा?”

“जी हां।”

“कहिए।”

"आप सेठ लालचंद के बेटे जयचंद को ट्यूशन कर रहे हैं?"

"जी, अभी तो...मेरा मतलब है, ट्यूशन कराना ग़लत काम तो नहीं है।"

"ट्यूशन ग़लत है।"

"क्यों?"

"क्योंकि ट्यूशन पढ़ने वाला और टाइम ग़लत हैं।"

"आई एम सॉरी सर! मैं ट्यूशन नहीं करूंगा।"

"ज़रूर कीजिए, लेकिन मैच जीतने के बाद, और हां, स्कूल से अनुमति लेना मत भूलिए।"

अगले दिन सवेरे स्कूल में प्रिंसिपल साहब ने सिद्धार्थ को बुलवाया, तो जवाब मिला कि वह स्कूल नहीं आया है। शाम को खेल के अभ्यास में भी नहीं आया। प्रिंसिपल सुबह स्वयं खेल के मैदान में गए थे। उन्होंने मास्टर ख्यालीराम से कहा, "सिद्धार्थ आज स्कूल नहीं आया, यहां भी नहीं आया, तो आख़िर गया कहां?"

सिद्धार्थ उस समय कोठरी में अपनी मां के पास था। जमुना दर्द से छटपटा रही थी। चंडीदेवी कामचोरी का रोना रोती हुई रसोई में बरतन पटक रही थी। सिद्धार्थ एक कटोरी में से लेप एक कपड़े की पट्टी पर लगा रहा था। लेप लगाकर उसने अपनी मां से कहा – "मां, यह राई की पट्टी पेट पर लगा लो। मैं सेंकने के लिए गर्म पानी लाता हूं।"

“रहने दे बेटा, यह दर्द अब ठीक नहीं होगा।”

“मां, पट्टी तो लगाओ। अभी आराम हो जाएगा।”

“नहीं बेटा, अब तो मरकर ही आराम होगा।”

“ऐसी बात मत कहो मां! लो, यह पट्टी लगा लो।”

सिद्धार्थ ने मां के पेट पर पट्टी लगा दी, फिर वह रसोई में गया और पानी गर्म करने लगा। जमुना को पट्टी लगाने से कुछ आराम मिला। उसका कराहना कम हो गया और वह आंखें बन्द किए जाग्रत स्वप्नों में खो गई।

सिद्धार्थ बोतल में गर्म पानी भरकर लाया और पूछा, “अब कैसी हो मां?”

“मैं अब नहीं बचूंगी।”

“तुम ज़रूर बचोगी मां! मैं तुम्हें मरने नहीं दूंगा। परसों तुम्हारा ऑपरेशन होगा।”

“अरे कैसे होगा बेटा? पैसा कहां है? ग़रीबों की कहीं सुनवाई नहीं है। सरकार ने इतने बड़े-बड़े अस्पताल खोल रखें हैं, पता नहीं किसका इलाज होता है वहां? मेरा तो हुआ नहीं।”

“तुम्हारा इलाज होगा और ज़रूर होगा मां, चाहे जैसे भी हो। चाहे मुझे चोरी करनी पड़े, बेईमानी करनी पड़े...”

“ख़बरदार, जो फिर ऐसी बात मुंह से निकाली! मैं मर जाऊंगी, लेकिन चोरी और बेईमानी के पैसे से इलाज नहीं कराऊंगी। तेरे

पिता ने ईमानदारी के पीछे जान दे दी, उस लड़के को छोड़ देते तो हज़ारों रुपये घर बैठे मिल जाते, लेकिन उन्होंने मौत को चुना, और तू चोरी-बेईमानी की बात करता है?"

"पिता तो ईमानदारी के पीछे मर गए। अब मैं तुम्हें नहीं खोना चाहता।"

"बेईमानी से जीने के बदले तो मरना अच्छा है बेटा!"

"मां, मरने की बात क्यों करती हो हर समय? तुम नहीं मरोगी। परसों तुम्हारा ऑपरेशन होगा। बस, कल-कल की बात है। कल मेरा मैच है न। अच्छा मां, मैं अभी आता हूं।"

"कहां जा रहा है?"

"जरा एक डॉक्टर के पास जाना है।"

"अरे डॉक्टर के पास जाकर क्या करना है, मैं अब ठीक हूं।"

"नहीं मां, मुझे जाना ही है।"

सिद्धार्थ मुनीम के पास गया। मुनीम उसे देखकर बोला, "अरे आओ, आओ सिद्धार्थ बाबू, मुझे पता था, तुम आओगे। भला मां ते बढ़ के कौण-सी चीज़ हो दुनिया में।"

"मुझे पांच सौ रुपये चाहिए।"

"बात तो एक गोल के पीछे सौ रुपै की हुई थी। पांच गोल करा लो, पांच सौ मिल जांगे।"

"आजकल वह मेरी बीमारी से बहुत परेशान है।"

"यह तो होगी ही लेकिन आप चिंता मत कीजिए। जैसा मैने कहा, सब ठीक हो जाएगा। सिद्धार्थ से कहिए, कल मन लगाकर खेले। उसी के ऊपर सारे स्कूल की आंखें हैं।"

कोठरी के बाहर खड़े सिद्धार्थ की आंखों से आंसू बह रहे थे।

प्रिंसिपल साहब ने फिर कहा, "अच्छा, अब मैं चलता हूं। नमस्कार।"

सिद्धार्थ दरवाज़े के पीछे छिप गया। प्रिंसिपल साहब चले गए।

डिस्ट्रिक्ट स्पोर्ट्स स्टेडियम दर्शकों से खचाखच भरा था। पवेलियन में नगर के गणमान्य व्यक्ति, सरकारी अधिकारी, स्कूल-कॉलेजों के हैडमास्टर, प्रिंसिपल तथा अन्य अध्यापक बैठे थे। दर्शकों के सामने बड़ी मेज़ पर डिस्ट्रिक्ट कप तथा अन्य पारितोषिक रखे थे। एक ऊनी कपड़े की मिल ने खिलाड़ियों के लिए एक-एक कोट का कपड़ा दिया था। एक हौज़री विक्रेता ने खिलाड़ियों के लिए एक-एक गर्म जर्सी दी थी और भी छोटे-मोटे इनाम थे। मैदान में पुलिस का बैंड मार्च करता हुआ धुनें बजा रहा था। गैलरियों में पॉपकार्न, मूंगफली, मसालेदार चना, चॉकलेट और आइसक्रीम बेचने वाले बाज़ार से दोगुने दाम पर चीज़ें बेच रहे थे। कहीं सीटों को लेकर झगड़ा हो रहा था, कहीं टीमों की जीत-हार, गोलों की संख्या, पहला गोल किस ओर होगा, इस पर दांव लग रहे थे।

जब काली कमीज़ें, हाफ़ पैंट, मोज़े और सफ़ेद कपड़े के जूते पहने रैफ़्री और लाइंसमैंन मैदान में प्रविष्ट हुए तो बैंड मैदान से निकलकर गोल के पीछे चला गया।

डी.ए.वी. स्कूल की टीम मैदान में प्रविष्ट हुई। सबसे आगे सिद्धार्थ था। उसने बायें हाथ में गेंद पकड़ी, झुककर दाहिने हाथ से भूमि स्पर्श किया और दौड़ते हुए गेंद को गोल की ओर ले जाकर गोल में फेंक दिया। उसके पीछे-पीछे टीम के अन्य खिलाड़ी भी मैदान की माटी को हाथ लगाकर गोल की ओर बढ़े। सिद्धार्थ गोल में खड़ा हो गया और टीम के अन्य सदस्य दो-तीन गेंद लिए हुए गोल की ओर गेंद फेंकने लगे।

पवेलियन में बैठे प्रिंसिपल साहब सिद्धार्थ को गोल में देखकर चौंक पड़े। वे उठकर खेल-मास्टर के पास गए और उनसे पूछा –

"सिद्धार्थ गोल में खेल रहा है?"

"जी।"

"क्यों?"

"मैंने आपको बताया ही था। गोलकीपर नज़ीर बीमार है। दो और लड़कों को खिलाकर देखा था, लेकिन उनसे काम नहीं चला।"

"फ़ॉर्वर्ड कौन खेल रहा है?"

"गोल तो नहीं होंगे।"

"मास्टरजी, आई डोंट लाइक नेगेटिव थिंकिंग। हम पर गोल होंगे कि नहीं यह मत सोचिए, हम कितने गोल करेंगे, यह सोचिए।"

"ठीक है। थोड़ी देर ऐसे ही खेलने दीजिए। ज़रूरत होगी, तो बाद में बदल देंगे।"

दोनों पवेलियन में जाकर बैठ गए। खेल आरम्भ हो चुका था। डी.ए.वी. स्कूल की टीम के अलग-अलग खिलाड़ी तो अच्छे थे, किन्तु उसके अगली पंक्ति के खिलाड़ी उस प्रकार नहीं बढ़ रहे थे जैसे उन्हें बढ़ना चाहिए था या जैसे वे सिद्धार्थ के साथ बढ़ते थे। जहां पास दिया जाता, वहां टीम का खिलाड़ी नहीं होता और गेंद लालचंद हाई स्कूल के खिलाड़ी के पास चली जाती। फलस्वरूप टीम दब रही थी। उधर लालचंद स्कूल की टीम ने काफ़ी ज़ोर पकड़ रखा था। गेंद दो बार गोल तक पहुंची थी, किन्तु सिद्धार्थ ने गोल रोक दिया था। इंटरवल होने को था। जयचंद गेंद लेकर तेज़ी से बढ़ा। उसने एक बैक से गेंद बचाई। जब दूसरा बैक उससे भिड़े, उसने गेंद अपने एक साथी को दे दी। सिद्धार्थ गोल से आगे बढ़ा, जो ऐसी स्थिति में अपराध था। लालचंद के खिलाड़ी ने गेंद जयचंद को दे दी और जयचंद ने बिना रुके या झिझके एक ज़ोरदार ठोकर बॉल में मारी और गोल हो गया।

डी.ए.वी. स्कूल की टीम सन्नाटे में आ गई। सबकी जुबान पर एक ही बात थी, "सिद्धार्थ को क्या हो गया? ऐसी भूल तो कोई नौसिखिया भी नहीं करता।"

डी.ए.वी. स्कूल पर लालचंद हाई स्कूल ने गोल किया

गोल के पीछे, दर्शकों में एक व्यक्ति 'साबास! साबास, चिल्ला रहा था और खड़ा होकर छतरी हिला-हिलाकर कूद रहा था। सिद्धार्थ ने भी उसे देखा। वह मुनीम था।'

पवेलियन में बैठे हुए प्रिंसिपल एकदम बोले, "कुछ गड़बड़ है।"

"क्या हुआ सर?" मास्टर ख्यालीराम ने पूछा।

"यह साधारण गोल नहीं था। अगर मैं सिद्धार्थ को न जानता, तो कहता कि उसने जान-बूझकर गोल कराया है लेकिन क्यों?"

खेल फिर आरम्भ हो गया था और प्रिंसिपल साहब सोच में बैठे थे। वे पिछले सप्ताह की घटनाओं पर विचार करने लगे। सिद्धार्थ अपनी मां की बीमारी से परेशान था। पिछले दिन उसकी मां ने कहा था, "प्रिंसिपल साहब, मेरा बेटा पगला है। कहता था, परसों प्राइवेट डॉक्टर से ऑपरेशन कराएगा। कहां से लाएगा इतने पैसे..." उन्हें एक मास्टर ने गुप्त रूप से बताया था कि खेल-मास्टर जयचंद को प्राइवेट ट्यूशन पढ़ा रहा है। सिद्धार्थ का गोल पर खेलता एकाएक और चित्र उभरा। सिद्धार्थ और सेठ लालचंद का मुनीम स्कूल के फाटक पर बात कर रहे थे। प्रिंसिपल साहब मुनीम को पहचानते थे। पहले जयचंद डी.ए.वी. स्कूल में ही पढ़ता था। पढ़ने में बेकार, झगड़ालू और उद्दंड। आए दिन उसकी शिकायतें होतीं। एक बार वह परीक्षा में नकल करता हुआ पकड़ा गया। उसने पकड़ने वाले मास्टर पर छुरे से आक्रमण किया। पास बैठे लड़कों ने उसे पकड़

लिया। वह परीक्षा से निकाल दिया गया। जब इस बात पर विचार हो रहा था कि उसे स्कूल में रखा जाए या तो नहीं, तब यह मुनीम उसके पास आया करता था। उसने उन्हें रिश्वत देने का प्रयत्न किया था और उनके मना करने पर उन्हें ही स्कूल से नौकरी छुड़वा देने की धमकी दी थी। जयचंद स्कूल से निकाल दिया गया था। ये सब घटनाएं याद आते ही प्रिंसिपल साहब के मुंह से निकला, "ओहो! यह बात पहले समझ में क्यों नहीं आई?"

वे अपनी सीट से खड़े हो गए तभी इंटरवल की सीटी बज गई।

इंटरवल में डी.ए.वी. स्कूल के खिलाड़ी सिद्धार्थ से कतरा रहे थे। एक खिलाड़ी तो रो रहा था। वह कह रहा था, "सिद्दू के कारण कप हाथ से गया।"

उधर सिद्धार्थ भी एक मानसिक आघात की सी दशा में था। उसके सामने साथियों की उपेक्षा और तिरस्कार-भरी निगाहें थीं, दर्शकों की निराशा थी और था उसकी बीमार मां का चेहरा। वह कह रही थी, 'मैं मर जाऊंगी, लेकिन चोरी और बेईमानी के पैसे से इलाज नहीं कराऊंगी।'

"मां," सिद्धार्थ चिल्लाया।

"घबराओ मत। तुम्हारी मां ठीक हो जाएगी।" प्रिंसिपल ने कहा।

"मुझे माफ़ कीजिए सर, मेरी ग़लती से गोल हुआ।"

"कोई बात नहीं, अभी तो आधा समय बाकी है। खेल में हार-जीत तो लगी ही रहती है, लेकिन यह याद रखना कि सोना आग में तपकर ही चमकता है। मेहंदी पत्थर पर पिसने के बाद ही रंग लाती है। आज तुम्हारी भी अग्नि-परीक्षा है।"

"सर, मैं अपनी जगह सेंटर फ़ॉर्वर्ड खेलना चाहता हूं।"

"तो मुझसे क्या पूछते हो, कप्तान तुम हो।"

"थैंक्यू सर।"

सिद्धार्थ अपने साथियों के बीच में आ गया। उसने कहा, "एडवर्ड, सेंटर मैं खेल रहा हूं। भीम गोल में खेलेगा।"

"लेकिन..."

"लेकिन-वेकिन कुछ नहीं, सर का हुक्म है।"

सीटी बजी। इंटरवल समाप्त हुआ। दोनों टीमों ने साइड बदली। गेंद बीच में रखी गई। सिद्धार्थ ने लेफ़्ट आउट गेंद फेंकी। सिद्धार्थ ने हैड किया, लेकिन गेंद गोल के दाहिने वाले खम्भे से टकराई और गोल बच गया।

इसके साथ डी.ए.वी. स्कूल की टीम में नई जान आ गई। जहां वे अब तक गोल बचाने के चक्कर में रक्षात्मक खेल खेल रहे थे, अब आक्रामक खेल खेलने लगे। गेंद लालचंद स्कूल के आधे मैदान में थी। खेल का नक्शा ही बदल गया था। उतना बढ़िया खेल तब

तक नहीं हुआ था। वह जी-जान से प्रयत्न कर रहा था कि गोल न उतरे।

घड़ी अपनी चाल से चल रही थी। दर्शकों की उत्सुकता बढ़ती जा रही थी। जब भी सिद्धार्थ गेंद लेकर आगे बढ़ता, डी.ए.वी. स्कूल के छात्र चिल्लाने लगते – "कम ऑन सिद्धार्थ...गोल...गोल... गोल..."

पांच मिनट बीते, दस मिनट बीते, पन्द्रह मिनट भी बीत गए। छात्रों का जोश कुछ कम हुआ। बीस मिनट बीतते-बीतते पूरे मैदान में सन्नाटा छा गया। तभी डी.ए.वी. स्कूल की पूरी फ़ॉर्वर्ड लाइन एक साथ आगे बढ़ी। पीछे कुछ दूर बढ़े सेंटर हाफ़ और दो हाफ़ बैक। गेंद सिद्धार्थ के पास थी। उसने एक प्रतिद्वंद्वी को चकमा दिया और गेंद राइट इन को दी। राइट इन ने लेफ़्ट इन को फेंकी, उसने राइट आउट को फेंकी, राइट आउट ने गोल के मुंह पर फेंकी, जहां एक रक्षक ने हैड किया। गेंद सिद्धार्थ के पैर की ओर आई। प्रतिद्व ंद्वी उसकी ओर झपटे। उसने अपनी पहली ही बार हलके से अपने साथी को पास दिया। उसका रास्ता साफ़ था। उसने एक ठोकर मारकर गेंद गोल के ऊपरी बायें कोने में डाल दी और गोलकीपर बेचारा गोल के दाहिने कोने में लेट गया। उसे पता ही नहीं चला, गोल कब हुआ।

पूरे मैदान में जैसे भूचाल आ गया। आतिशबाजी, घंटे, घड़ियाल, शंख, काग़ज़ की पीपियां बजने लगे, दर्शक खड़े होकर नाचने लगे। बहुत-से तो मैदान में घुस गए। पुलिस उनके पीछे भागी।

मास्टर जी के समझाने पर सिद्धार्थ ने लालचंद स्कूल पर गोल दागे

प्रिंसिपल साहब जल्दी से पवेलियन के उस कमरे में गए जहां टेलीफ़ोन रखा था। उन्होंने किसी से बात की, लेकिन शोर में यह पता नहीं चला कि किससे बात की और क्या बात की।

खेल में कुल पांच मिनट शेष थे। दोनों ओर से गोल करने का जी-तोड़ प्रयत्न हो रहा था। लोग रेफ़्री घड़ी देख रहे थे। सिद्धार्थ के पास गेंद थी। जयचंद उसके पीछे भाग रहा था। सिद्धार्थ से गेंद नहीं छुड़ा पाया। तब तक सिद्धार्थ गोल के सामने पहुंच चुका था और उसके तथा गोल के बीच केवल गोल-रक्षक था। जैसे ही सिद्धार्थ ने गेंद को ठोकर मारने के लिए पैर उठाया, जयचंद ने उसे पीछे से धक्का दे दिया, सिद्धार्थ गिरकर लुढ़कियां खाने लगा।

रेफ़्री ने सीटी बजाकर पैनल्टी का संकेत दिया। जयचंद ने झगड़ा करना चाहा। रेफ़्री ने उसे मैदान से निकलने का इशारा किया। लालचंद स्कूल के कई खिलाड़ियों ने भी बीच-बचाव किया और रेफ़्री से क्षमा मांगी।

गेंद पैनल्टी किक के स्थान पर रखी गई। पूरे पवेलियन और मैदान में चुप्पी छा गई। दूर सड़क पर जाते स्कूटर की आवाज़ ऐसी लग रही थी, जैसे मशीन मन्द चल रही हो। रेफ़्री ने सीटी बजाई।

सिद्धार्थ ने एक जोरदार ठोकर से गेंद को गोल के दाहिने कोने में फेंक दिया। गोलकीपर उछला और गिरा, लेकिन बेकार।

रैफ्री ने एक लम्बी सीटी बजाई। पुलिस और दर्शक दोनों मैदान में दौड़े। पुलिस ने खिलाड़ियों के चारों ओर घेरा डाल दिया।

सिद्धार्थ ने लालचंद स्कूल को हराकर डिस्ट्रिक्ट कप जीत लिया

सिद्धार्थ को उसके साथी कंधों पर बैठा कर लाए। बधाइयां दी गईं, पुरस्कार वितरण हुआ। डिस्ट्रक्ट कप सदा के लिए डी.ए.वी. स्कूल का हो गया।

प्रिंसिपल साहब ने सिद्धार्थ से कहा, "मेरा विश्वास व्यर्थ नहीं गया," प्रिंसिपल फिर जल्दी से बोले, "अरे हां, सिद्धार्थ, जल्दी चलो, तुम्हारी मां तुम्हारी प्रतीक्षा कर रही है।"

"कहां?"

"मैंने उन्हें नर्सिंग होम में भर्ती करा दिया है।"

"डॉक्टर मेरा छात्र है, उससे गुरु-दक्षिणा ले रहा हूं।"

"सर, आपने मुझे पहले क्यों नहीं बताया?"

प्रिंसिपल साहब कुछ देर चुप रहकर बोले, "फिर तुम्हारी अग्नि-परीक्षा कैसे होती? अरे जल्दी चलो।"

"सर, मैं भी चल सकती हूं?" राधिका ने पूछा।

"चलो, मगर जल्दी।"

"एक मिनट ठहरिए सर!" सिद्धार्थ ने कहा।

"कहां जा रहे हो?" प्रिंसिपल ने पूछा।

"अभी आया सर।"

सिद्धार्थ भागा हुआ उधर गया जिधर सामने मुनीम को देखा था। मुनीम तब भी वहीं अकेला बैठा अपने आप कुछ बड़बड़ा रहा

था। सिद्धार्थ ने एक लिफ़ाफ़ा मुनीम के हाथ में रख दिया और बोला, “मुनीम चाचा, गिन लो। पूरे पांच सौ हैं।”

मुनीम बिना उत्तर दिए उठकर चला गया।

प्रिंसिपल साहब, राधिका और सिद्धार्थ राधिका की कार की ओर चल पड़े। नर्सिंग होम के एक कमरे में मां-बेटे का आंसू-भरा मिलन हो रहा था। दवाई की अलमारी पर डिस्ट्रिक्ट कप रखा था। प्रिंसिपल साहब और राधिका धीरे-से दरवाजा खोलकर बाहर चले गए। दोनों मुस्करा भी रहे थे और आंसू भी बहा रहे थे। सामने से ट्रे में सामान लाती हुई नर्स ने उन्हें देखा और आगे-आगे चलती-चलती पीछे मुड़कर उन्हें देखने लगी। जब एक टक्कर के साथ उसकी ट्रे नीचे गिरी, तब वह भी हंसने लगी।

•••

प्रश्नोत्तरी

(1) सिद्धार्थ की मां का क्या नाम था?

(अ) गंगा (ब) जमुना

(स) सरस्वती (द) चंडीदेवी

(2) सिद्धार्थ की उम्र कितनी थी?

(अ) 11 वर्ष (ब) 12 वर्ष

(स) 13 वर्ष (द) 14 वर्ष

(3) सिद्धार्थ की मामी का क्या नाम था?

(अ) चंडीदेवी (ब) गंगा

(स) जमुना (द) सरस्वती

(4) सिद्धार्थ का ध्यान फुटबॉल मैच पर क्यों नहीं था?

(अ) उसके पास पैसे नहीं थे (ब) वह बीमार था

(स) उसकी मां बीमार थी (द) वह गद्दार था

(5) किस विषय के लेख पर सिद्धार्थ को मास्टर जी ने इनाम दिया?

(अ) जय भारत (ब) वंदे मातरम्

(स) हमारा पर्यावरण (द) हमारा सुन्दर देश

(6) राधिका का भाई कौन था?

(अ) जयचंद (ब) सिद्धार्थ

(स) चिंटू (द) भागमल

(7) राधिका के पिता का मुनीम कौन था?

(अ) जयचंद (ब) सिद्धार्थ शर्मा

(स) भागमल (द) श्याम

(8) फुटबॉल का फाइनल मैच कौन-से स्कूल ने जीता?

(अ) डी.ए.वी. (ब) लालचंद

(स) सर्वोदय (द) डी.पी.एस.

उत्तर

1. (ब), 2. (द), 3. (अ), 4. (स), 5. (द), 6. (अ), 7. (स), 8. (अ)

हिन्द पॉकेट बुक्स

हमारा राष्ट्रीय ग्रंथ

गीता

20 दिसंबर 2011 को भारतीय संसद 'गीता' को भारत के पवित्रतम ग्रन्थों में से सबसे गौरवशाली रचना स्वीकार कर चुकी है। भारत में तो इसकी प्रतिष्ठा है ही, यह मॉरिशस का राष्ट्रीय ग्रंथ भी है। महाभारत के अनुसार कुरुक्षेत्र युद्ध में श्री कृष्ण ने अर्जुन को गीता का सन्देश सुनाया था। इसमें एकेश्वरवाद, कर्म योग, ज्ञानयोग, भक्तियोग की बहुत सुन्दर ढंग से चर्चा हुई है।

इस पुस्तक में गीता के सामान्य ज्ञान के साथ-साथ इसका सरल अर्थ भी दिया गया है, ताकि बच्चे इसे आसानी से समझ सकें। इसके साथ ही इसमें आकर्षक चित्र भी दिए गए हैं और साथ ही दी गई है आपकी परीक्षा के लिए एक प्रश्नोत्तरी, जिसे हल कीजिए और अपने ज्ञान की परीक्षा आप स्वयं कीजिए।

लेखक की अन्य पुस्तकें

- हमारे राष्ट्रीय खेल
- हमारा राष्ट्रीय पुष्प कमल
- हमारा राष्ट्रीय पक्षी मोर
- हमारा राष्ट्रीय गीत
- हमारी राष्ट्रीय संस्कृति वैदिक
- हमारा राष्ट्रीय चिह्न अशोक चक्र
- हमारा राष्ट्रीय वृक्ष बरगद
- हमारी राष्ट्रीय जलचर डॉल्फिन
- हमारी राष्ट्रीय नदी गंगा
- हमारा राष्ट्रीय ग्रंथ गीता
- हमारे राष्ट्रीय पर्व और दिवस
- हमारे राष्ट्रीय स्मारक
- हमारा राष्ट्रीय ध्वज तिरंगा
- हमारे राष्ट्रीय विरासत स्थल
- हमारी राजभाषा हिन्दी
- हमारे नेशनल पार्क
- लोकप्रिय बाल गीत
- हमारे देशभक्ति गीत
- हमारे राष्ट्रीय गीत
- शहीदों के अमर गीत
- महाभारत की कहानियाँ
- पुराणों की कहानियाँ
- रामायण की कहानियाँ
- बेताल पचीसी, दो भागों में
- महापुरुषों का बचपन
- महाराणा प्रताप
- बहादुर बेटी मलाला

सुरुचिपूर्ण एवं प्रेरणादायक सचित्र धर्म ग्रंथ

हमारा राष्ट्रीय ग्रंथ

गीता

तेजपाल सिंह धामा

हिन्द पॉकेट बुक्स
पेंगुइन रैंडम हाउस इम्प्रिंट

हिन्द पॉकेट बुक्स

यूएसए | कनाडा | यूके | आयरलैंड | ऑस्ट्रेलिया | सिंगापुर
न्यू ज़ीलैंड | भारत | दक्षिण अफ्रीका | चीन

हिन्द पॉकेट बुक्स, पेंगुइन रैंडम हाउस ग्रुप ऑफ़ कम्पनीज़ का हिस्सा है,
जिसका पता global.penguinrandomhouse.com पर मिलेगा

पेंगुइन रैंडम हाउस इंडिया प्रा. लि.,
चौथी मंजिल, कैपिटल टावर -1, एम जी रोड,
गुड़गांव-122002, हरियाणा, भारत

पेंगुइन
रैंडम हाउस
इंडिया

प्रथम हिन्दी संस्करण हिन्द पॉकेट बुक्स द्वारा 2014 में प्रकाशित
यह हिन्दी संस्करण हिन्द पॉकेट बुक्स में पेंगुइन रैंडम हाउस द्वारा 2022 में प्रकाशित

10 9 8 7 6 5 4 3 2

इस पुस्तक में व्यक्त विचार लेखक के अपने हैं, जिनका यथासंभव तथ्यात्मक
सत्यापन किया गया है, और इस संबंध में प्रकाशक एवं सहयोगी
प्रकाशक किसी भी रूप में उत्तरदायी नहीं हैं।

ISBN 9789353491413

मुद्रकः रेप्रो इंडिया लिमिटेड

www.penguin.co.in

FSC www.fsc.org MIX Paper from responsible sources FSC® C047271

This is a legitimate digitally printed version of the book and therefore might not
have certain extra finishing on the cover.

क्रम

पवित्र ग्रंथ गीता 7

गीता पर भाष्य 10

आधुनिक जनजीवन में गीता 11

भगवद्‌गीता सन्देश सार 13

गीता जयंती 16

मधुपर्क और गीता 19

मॉरिशस का राष्ट्रीय ग्रंथ है गीता 20

भारतीय संसद की दृष्टि में गीता
भारतीय अस्मिता का गौरवशाली ग्रंथ 21

गीता की बालोपयोगी शिक्षाएँ 24

प्रश्नोत्तरी 63

पवित्र ग्रंथ गीता

श्रीमद्भगवद्गीता यानी कि सरल शब्दों में कहें तो गीता भारतीयों के पवित्रतम ग्रन्थों में से सबसे गौरवशाली रचना है। महाभारत के अनुसार कुरुक्षेत्र युद्ध में श्रीकृष्ण ने गीता का सन्देश अर्जुन को सुनाया था। यह महाभारत के भीष्मपर्व के अन्तर्गत दिया गया एक आख्यान है। इसमें एकेश्वरवाद, कर्मयोग, ज्ञानयोग, भक्तियोग की बहुत सुन्दर ढंग से चर्चा हुई है। इसमें देह से अतीत आत्मा का निरूपण किया गया है।

श्रीमद्भगवद्गीता की पृष्ठभूमि महाभारत का युद्ध है। जिस प्रकार एक सामान्य मनुष्य अपने जीवन की समस्याओं में उलझकर किंकर्तव्यविमूढ़ हो जाता है और उसके पश्चात् जीवन के समरांगण से पलायन करने का मन बना लेता है, उसी प्रकार अर्जुन, जो महाभारत का महानायक है, अपने सामने आने वाली समस्याओं से भयभीत होकर जीवन और क्षत्रिय धर्म से निराश हो जाता है। अर्जुन की तरह ही हम सभी कभी-कभी अनिश्चय की स्थिति में या तो हताश हो जाते हैं और या फिर अपनी समस्याओं से उद्विग्न होकर कर्तव्यविमुख हो जाते हैं। भारतवर्ष के ऋषियों ने गहन विचार के पश्चात् जिस ज्ञान को आत्मसात् किया, उसे उन्होंने वेदों का नाम दिया। इन्हीं वेदों का अंतिम भाग उपनिषद कहलाता है। मानव-जीवन की विशेषता मानव को प्राप्त बौद्धिक शक्ति है और उपनिषदों में निहित ज्ञान मानव की बौद्धिकता की उच्चतम अवस्था तो है ही, अपितु बुद्धि

chitralekha

की सीमाओं के परे मनुष्य क्या अनुभव कर सकता है, उसकी एक झलक भी दिखा देता है। उसी औपनिषदीय ज्ञान को महर्षि वेदव्यास ने सामान्य जनों के लिए गीता में संक्षिप्त रूप में प्रस्तुत किया है। वेदव्यास की महानता ही है, जो कि उपनिषदों के ज्ञान को एक पुस्तक में बाँध सके और मानवता को एक आसान युक्ति से परमात्म ज्ञान का दर्शन करा सके। भगवान श्रीकृष्ण पूर्ण नीतिज्ञ और धर्मनिष्ठ ही नहीं, धर्म के संस्थापक भी थे। उन्होंने कर्ण के दान की महिमा की कई बार परीक्षा ली, यहाँ तक कि बरसात के मौसम में कर्ण ने चंदन की लकड़ी के फर्नीचर तोड़कर अपने दानवीर होने का प्रमाण दिया, वहीं अधर्म का अनुकरण कर जब कर्ण द्वारा अभिमन्यु की हत्या की गई, तो श्रीकृष्ण ने अर्जुन को भी इसी तरह यानी कि जैसे को तैसा करने की नीति अपनाने को कहा

और निःशस्त्र कर्ण को मरवा दिया। श्रीकृष्ण के शब्द आज भी चमत्कार दिखलाते हैं और गीता एक ऐसा ग्रंथ है, जिसकी सौगंध भारत की तमाम अदालतों में खाई जाती है। ऐसा माना जाता है कि गीता की सौगंध खाने वाला मिथ्या नहीं बोलेगा और जो कुछ कहेगा, वह सत्य ही कहेगा। क्योंकि श्रीकृष्ण महान नीतिज्ञ और योगी थे। कर्ण के प्रति भी उनमें कोई द्वेष नहीं था, लेकिन उनकी हत्या उन्होंने इसलिए करवाई कि वह अधर्म के पथ पर चल रहा था।

गीता पर भाष्य

संस्कृत साहित्य की परम्परा में उन ग्रन्थों को भाष्य कहते हैं, जो दूसरे ग्रन्थों के अर्थ की वृहद् व्याख्या या टीका प्रस्तुत करते हैं। भारतीय दार्शनिक परंपरा में किसी भी नए दर्शन को या किसी दर्शन के नए स्वरूप को जड़ जमाने के लिए जिन तीन ग्रन्थों पर अपना दृष्टिकोण स्पष्ट करना पड़ता था (अर्थात् भाष्य लिखकर), उनमें भगवद्गीता भी एक है (अन्य

दो हैं उपनिषद तथा ब्रह्मसूत्र)। भगवद्गीता पर लिखे गए प्रमुख भाष्य निम्नानुसार हैं –

गीताभाष्य : आदि शंकराचार्य

ज्ञानेश्वरी : ज्ञानेश्वर महाराज

श्रीमद्भगवद्गीता यथारूप : प्रभुपाद

गीतारहस्य : बालगंगाधर तिलक

अनासक्ति योग : महात्मा गांधी

निबंधात्मक गीता : अरविन्द घोष

गीताई : विनोबा भावे

गीता तत्त्व विवेचनी : जयदयाल गोयन्दका

बसन्तेश्वरी भगवद्गीता : प्रो. बसन्त प्रभात जोशी

गीता भाषा-भाष्य : गुरुदत्त

गीता भाषा-भाष्य : सर्वपल्ली राधाकृष्णन्

आधुनिक जनजीवन में गीता

श्रीमद्भगवद्गीता बदलते सामाजिक परिदृश्यों में अपनी महत्ता बनाए हुए है, और इसी कारण तकनीकी विकास ने इसकी उपलब्धता को बढ़ाया है तथा अधिक बोधगम्य बनाने का प्रयास किया है। दूरदर्शन पर प्रसारित धारावाहिक 'महाभारत' में भगवद्गीता विशेष आकर्षण रही, वहीं 'श्रीकृष्ण' धारावाहिक में भगवद्गीता पर अत्यधिक विशद शोध करके उसे कई कड़ियों की श्रृंखला के रूप में दिखाया गया। इसकी एक विशेष बात यह रही कि गीता से संबंधित सामान्य मनुष्य के संदेहों का अर्जुन के प्रश्नों के माध्यम से उत्तर देने का प्रयास किया गया। इसके अलावा नीतीश भारद्वाज कृत धारावाहिक 'गीता-रहस्य' तो पूर्णतया गीता के ही विभिन्न आयामों पर केंद्रित रहा। इंटरनेट पर भी आज अनेकानेक वेबसाइटें इस विषय पर बहुमाध्यमों के द्वारा विशद जानकारी देती हैं।

श्रीमद्भगवद्गीता वर्तमान में धर्म से ज़्यादा जीवन के प्रति अपने दार्शनिक दृष्टिकोण को लेकर भारत में ही नहीं, विदेशों में भी लोगों का ध्यान अपनी ओर आकर्षित कर रही है। निष्काम कर्म का गीता का संदेश प्रबंधन-गुरुओं को भी लुभा रहा है। भारत में कुछ संस्थाओं, जैसे इस्कान ने देश-विदेश में कृष्ण-भक्ति और गीता के सन्देश को फैलाने में काफ़ी योगदान दिया है, इसके संस्थापक स्वामी प्रभुपाद जी द्वारा लिखा गया श्रीमद्भगवद्गीता का अंग्रेजी भाष्य काफ़ी प्रसिद्ध रहा है और इसने गीता के सन्देश को पश्चिम में फैलाने में काफ़ी योगदान दिया है। श्रीमद्भगवद्गीता विश्व के सभी धर्मों की सबसे प्रसिद्ध पुस्तकों में शामिल है। गीता प्रेस गोरखपुर जैसे धार्मिक साहित्य की पुस्तकों को काफ़ी कम मूल्य पर उपलब्ध कराने वाले प्रकाशन ने भी कई आकारों में अर्थ और भाष्य के साथ श्रीमद्भगवद्गीता के प्रकाशन द्वारा इसे आम जनता तक पहुँचाने में काफ़ी योगदान दिया है।

श्रीकृष्ण ने शिशुपाल के एक सौ अपराध क्षमा किए थे, लेकिन उसके बाद उसका सिर धड़ से अलग कर दिया था। आज के संदर्भ में भी गीता की यह शिक्षा अनुकरणीय है। अदालत कई बार पहले अपराधों पर क्षमा कर देती है और दोषी को सुधरने का मौका देती है, लेकिन जब कोई बार-बार अपराध करने लगता है, तो उसे फिर दंड दिया ही जाता है।

भगवद्गीता सन्देश सार

गीता का उपदेश अत्यन्त पुरातन योग है। श्री भगवान कहते हैं, इसे मैंने सबसे पहले सूर्य से कहा था। सूर्य ज्ञान का प्रतीक है, अतः श्री भगवान के वचनों का तात्पर्य है कि पृथ्वी की उत्पत्ति से पहले भी अपने स्वरूप का अनुसंधान करने वाले भक्तों को यह ज्ञान दे चुका हूँ। यह ईश्वरीय वाणी है, जिसमें सम्पूर्ण जीवन का सार है एवं आधार है। मैं कौन हूँ? यह देह क्या है? इस देह के साथ क्या मेरा आदि और अन्त है? देह त्याग के

पश्चात् क्या मेरा अस्तित्व रहेगा? यह अस्तित्व कहाँ और किस रूप में होगा? मेरे संसार में आने का क्या कारण है? मेरे देह त्यागने के बाद क्या होगा, कहाँ जाना होगा? किसी भी जिज्ञासु के हृदय में ये बातें निरन्तर घूमती रहती हैं। हम सदा इन बातों के बारे में सोचते हैं और अपने को, अपने स्वरूप को नहीं जान पाते। गीता शास्त्र में इन सभी प्रश्नों के उत्तर सहज ढंग से श्री भगवान ने धर्म-संवाद के माध्यम से दिए हैं। इस देह को, जिसमें 36 तत्त्व जीवात्मा की उपस्थिति के कारण जुड़कर कार्य करते हैं, क्षेत्र कहा है और जीवात्मा इस क्षेत्र में निवास करता है, वही इस देह का स्वामी है, परन्तु एक तीसरा पुरुष भी है, जब वह प्रकट होता है, अधिदैव अर्थात् 36 तत्त्वों वाले इस देह (क्षेत्र) को और जीवात्मा (क्षेत्रज्ञ) का नाश कर डालता है। यह उत्तम पुरुष ही परम स्थिति और परम सत् है। यही नहीं, देह में स्थित और देह त्यागकर जाते हुए जीवात्मा की गति का यथार्थ वैज्ञानिक एवं तर्कसंगत वर्णन गीता शास्त्र में हुआ है। जीवात्मा नित्य है और आत्मा (उत्तम पुरुष) को जीव भाव की प्राप्ति हुई है। शरीर के मर जाने पर जीवात्मा अपने कर्मानुसार विभिन्न योनियों में विचरण करता है। गीता का प्रारम्भ धर्म शब्द से होता है तथा गीता के अठारहवें अध्याय के अन्त में इसे धर्म-संवाद कहा है। धर्म का अर्थ है धारण करने वाला अथवा जिसे धारण किया गया है। धारण करने वाला जो है, उसे आत्मा कहा गया है और जिसे धारण किया है, वह प्रकृति है। आत्मा इस संसार का बीज अर्थात् पिता है और प्रकृति गर्भधारण करने वाला गृभास्य अर्थात् माता है।

धर्म शब्द का प्रयोग गीता में आत्म स्वभाव एवं जीव स्वभाव के लिए जगह-जगह प्रयुक्त हुआ है। इसी परिपेक्ष्य में धर्म एवं अधर्म को समझना आवश्यक है। आत्मा का स्वभाव धर्म है अथवा कहा जाए, धर्म ही आत्मा है। आत्मा का स्वभाव है पूर्ण शुद्ध ज्ञान। ज्ञान ही आनन्द

और शान्ति का अक्षय धाम है। इसके विपरीत अज्ञान अशान्ति, क्लेश और अधर्म का द्योतक है।

आत्मा अक्षय ज्ञान का स्रोत है। ज्ञान शक्ति की विभिन्न मात्रा से क्रिया शक्ति का उदय होता है, प्रकृति का जन्म होता है। प्रकृति के गुणों सत्त्व, रज, तम का जन्म होता है। सत्त्व की अधिकता धर्म को जन्म देती है, तम-रज की अधिकता होने पर आसुरी वृत्तियाँ प्रबल होती और धर्म की स्थापना अर्थात् गुणों के स्वभाव को स्थापित करने के लिए, सतोगुण की वृद्धि के लिए, अविनाशी ब्राह्मी स्थिति को प्राप्त आत्मा अपने संकल्प से देह धारण कर अवतार ग्रहण करती है।

सम्पूर्ण गीता शास्त्र का निचोड़ है, बुद्धि को हमेशा सूक्ष्म करते हुए महाबुद्धि आत्मा में लगाए रखो तथा संसार के कर्म अपने स्वभाव के अनुसार सरल रूप से करते रहो। स्वभावगत कर्म करना सरल है और दूसरे के स्वभावगत कर्म को अपनाकर चलना कठिन है, क्योंकि प्रत्येक जीव भिन्न-भिन्न प्रकृति को लेकर जन्मा है, जीव जिस प्रकृति को लेकर संसार में आया है, उसमें सरलता से उसका निर्वाह हो जाता है। श्री भगवान ने सम्पूर्ण गीता शास्त्र में बार-बार आत्मरत, आत्म स्थित होने के लिए कहा है। स्वाभाविक कर्म करते हुए बुद्धि का अनासक्त होना सरल है, अतः इसे ही निश्चयात्मक मार्ग माना है। यद्यपि अलग-अलग देखा जाए तो ज्ञान योग, बुद्धि योग, कर्म योग, भक्ति योग आदि का गीता में उपदेश दिया गया है, परन्तु सूक्ष्म दृष्टि से विचार किया जाए तो सभी योग बुद्धि से श्री भगवान को अर्पण करते हुए किए जा सकते हैं। इससे अनासक्त योग अथवा निष्काम कर्म योग स्वतः सिद्ध हो जाता है।

गीता जयंती

ब्रह्मपुराण के अनुसार मार्गशीर्ष शुक्ल एकादशी का बहुत बड़ा महत्त्व है। द्वापर युग में भगवान श्रीकृष्ण ने इसी दिन अर्जुन को भगवद्गीता का

उपदेश दिया था। इसीलिए यह तिथि गीता जयंती के नाम से भी प्रसिद्ध है। इसके बारे में कहा गया है कि शुद्धता, विद्या और नियम आदि का निर्णय यथापूर्व करने के अनन्तर मार्गशीर्ष शुक्ल दशमी को मध्याह्न में जौ और मूँग की रोटी-दाल का एक बार भोजन करके एकादशी को प्रातः स्नानादि करके उपवास रखें। भगवान का पूजन करें और रात्रि में जागरण करके द्वादशी को एक बार भोजन करके पारण करें। यह एकादशी मोह का क्षय करनेवाली है। इस कारण इसका नाम मोक्षदा रखा गया है। इसीलिए भगवान श्रीकृष्ण मार्गशीर्ष में आने वाली इस मोक्षदा एकादशी के कारण ही कहते हैं, मैं महीनों में मार्गशीर्ष का महीना हूँ। इसके पीछे मूल भाव यह है कि मोक्षदा एकादशी के दिन मानवता को नई दिशा देने वाली गीता का उपदेश हुआ था।

भगवद्गीता के पठन-पाठन, श्रवण एवं मनन-चिंतन से जीवन में श्रेष्ठता के भाव आते हैं। गीता केवल लाल कपड़े में बाँधकर घर में रखने के लिए नहीं, बल्कि उसे पढ़कर उसके संदेशों को आत्मसात् करने के लिए है। गीता का चिंतन अज्ञानता के आवरण को हटाकर आत्मज्ञान की ओर प्रवृत्त करता है। गीता भगवान की श्वास और भक्तों का विश्वास है।

गीता ज्ञान का अद्भुत भंडार है। हम सब हर काम में तुरंत नतीजा चाहते हैं, लेकिन भगवान ने कहा है कि धैर्य के बिना अज्ञान, दुःख, मोह, क्रोध, काम और लोभ से निवृत्ति नहीं मिलेगी।

मंगलमय जीवन का ग्रंथ है गीता। गीता केवल ग्रंथ नहीं, कलियुग के पापों का क्षय करने का अद्भुत और अनुपम माध्यम है। जिसके जीवन में गीता का ज्ञान नहीं, वह पशु से भी बदतर होता है। भक्ति बाल्यकाल से शुरू होनी चाहिए। अंतिम समय में तो भगवान का नाम लेना भी कठिन हो जाता है।

दुर्लभ मनुष्य-जीवन हमें केवल भोग-विलास के लिए नहीं मिला है,

इसका कुछ अंश भक्ति और सेवा में भी लगाना चाहिए। गीता भक्तों के प्रति भगवान द्वारा प्रेम में गाया हुआ गीत है। अध्यात्म और धर्म की शुरुआत सत्य, दया और प्रेम के साथ ही संभव है। ये तीनों गुण होने पर ही धर्म फलेगा और फूलेगा।

गीता मंगलमय जीवन का ग्रंथ है। गीता मरना सिखाती है, जीवन को तो धन्य बनाती ही है। गीता केवल धर्म-ग्रंथ ही नहीं, यह एक अनुपम जीवन-ग्रंथ है। जीवन-उत्थान के लिए इसका स्वाध्याय हर व्यक्ति को करना चाहिए। गीता एक दिव्य ग्रंथ है। यह हमें पलायन से पुरुषार्थ की ओर अग्रसर होने की प्रेरणा देती है।

मधुपर्क और गीता

एक बार धार्मिक विषयों के मर्मज्ञ साहित्यकार रामशरण दास को विनोबा जी द्वारा लिखित गीता-प्रवचन पढ़ने को मिला। रामशरण जी किसी भी पुस्तक को बड़े मनोयोग से पढ़ते थे और धर्मशास्त्रों का उन्हें अद्‌भुत

ज्ञान था। विनोबा जी के गीता-प्रवचन में उन्हें एक अंश अप्रासंगिक और अप्रामाणिक लगा। ग्रन्थ में महर्षि वशिष्ठ के स्वागत में महर्षि वाल्मीकि द्वारा मधुपर्क में गोमांस खिलाने की बात लिखी थी। इस अंश को पुस्तक से निकलवाने के लिए उन्होंने विनोबा जी को अनेक पत्र लिखे, लेकिन उन्हें कोई उत्तर नहीं मिला। अन्त में वे स्वयं ही विनोबा जी से मिलने जा पहुँचे। मिलने का समय पाकर उन्होंने विनोबा जी से कहा, "मधुपर्क में गोमांस की बात अप्रामाणिक है। इसे पुस्तक में से निकाल दीजिए।"

विनोबा जी बोले, "हमने यह बात भवभूति के 'उत्तर रामचरित' के आधार पर लिखी है।"

रामशरण जी ने जवाब दिया, "उत्तर रामचरितम धर्मशास्त्र नहीं है।"

विनोबा जी ने एक उदाहरण से अपनी बात समझाने की कोशिश की, "मान लीजिए कि सन्तरे की एक फाँक खराब है। तो उसे छोड़कर आप शेष सन्तरा तो खा सकते हैं।" लेकिन रामशरण जी कब मानने वाले थे। उन्होंने चट कहा, "लेकिन जब बाजार में अच्छे सन्तरे हों तो सड़ा हुआ सन्तरा ही लेने की क्या जरूरत है?" विनोबा जी अवाक् देखते रह गए।

मॉरिशस का राष्ट्रीय ग्रंथ है गीता

मॉरिशस में श्रीमद्‌भगवदगीता को राष्ट्रीय ग्रंथ घोषित किया हुआ है। मॉरिशस में पूरी तरह से हिन्दू संतों का आदर, मान-सम्मान किया जाता है। मॉरिशस के उप प्रधानमंत्री अनिल बिच्चु का कहना है कि गीता में अनेक समस्याओं का समाधान छिपा हुआ है। उन्होंने इसे भगवान श्रीकृष्ण का दिया हुआ अनुपम उपहार बताते हुए भगवान श्रीकृष्ण तथा अर्जुन संवाद के बारे में कुरुक्षेत्र की धरती का भी गुणगान किया।

भारत की संसद एक स्वर में गीता को देश का सबसे गौरवशाली ग्रंथ

तो मानती है, लेकिन धर्मनिरपेक्ष देश होने से उसे राष्ट्रीय ग्रंथ का सम्मान अभी तक नहीं मिला है, जबकि भारत के सुप्रीम कोर्ट के अवकाशप्राप्त मुख्य न्यायाधीश न्यायमूर्ति आर सी लाहोटी का कहना है कि भारत में भी गीता को राष्ट्रीय ग्रंथ का संवैधानिक दर्जा मिलना ही चाहिए।

स्वामी श्री गुरुशरणानंद जी महाराज का कहना है कि जितनी टीकाएँ गीता पर हुई हैं, इतनी टीकाएँ पूरे विश्व में आज तक किसी अन्य ग्रंथ पर नहीं हुई हैं।

भारतीय संसद की दृष्टि में गीता भारतीय अस्मिता का गौरवशाली ग्रंथ

जब रूस में गीता पर प्रतिषंध लगाने की कवायद शुरू हुई, तो गीता के पक्ष में सारा भारत एक हो गया था। मंगलवार, 20 दिसंबर 2011 को रूस में कुछ तत्त्वों द्वारा श्रीमदभगवद्गीता पर प्रतिबंध लगाए जाने के प्रयासों के खिलाफ संसद के दोनों सदनों में विपक्ष और सत्ता पक्ष के सदस्यों ने समवेत स्वरों में भर्त्सना की थी। इस मुद्दे पर संसद एवं जनभावनाओं से सहमति जताते हुए सरकार ने रूस की घटना को 'बेहूदा हरकत' करार देकर कहा कि यह मुद्दा रूस के समक्ष उच्च स्तर पर उठाया गया।

गीता को 'उग्रवादी साहित्य' बताकर रूस के साइबेरिया की एक अदालत में इसे प्रतिबंधित करने संबंधी मामले की संसद में कड़ी भर्त्सना के बाद तत्कालीन विदेश मंत्री एस एम कृष्णा ने लोकसभा में दिए बयान में कहा था कि सरकार ने इस मामले को बहुत गंभीरता से लिया है और रूस सरकार के साथ इसे उच्च स्तर पर उठाया गया है। रूस की स्थानीय अदालत में भगवद्गीता के बारे में की गई यह शिकायत किसी अज्ञानी या भटके हुए निहित स्वार्थों से प्रेरित व्यक्तियों द्वारा किया गया काम लगता है। हालाँकि यह शिकायत पूरी तरह निरर्थक है, फिर भी हमने इस

मामले को गंभीरता से लिया है और भारतीय दूतावास इस कानूनी मामले पर गहरी नजर रखे हुए है।

इस मुद्दे पर सदस्यों की भावना से सरकार को पूरी तरह सबद्ध करते हुए विदेश मंत्री का कहना था कि हमें विश्वास है कि हमारे रूसी मित्र, जो हमारी सभ्यता के मूल्यों एवं सांस्कृतिक संवेदनशीलता को समझते हैं, इस मसले का उपयुक्त समाधान कर लेंगे। सरकार के जवाब पर संतोष जताते हुए सदस्यों ने मेजें थपथपाकर उसका स्वागत किया था।

विदेश मंत्री के बयान के बाद तत्कालीन विपक्ष की नेता सुषमा स्वराज ने तब सुझाव दिया था कि गीता को राष्ट्रीय पुस्तक घोषित कर दिया जाए, जिससे किसी भी देश को इसका अपमान करने की जुर्रत न हो। उधर, राज्यसभा में भाजपा के तरुण विजय ने उसी दिन कहा था कि रूस में गीता पर प्रतिबंध लगाने की साजिश की जा रही है और पूरे सदन को इस प्रयास की निंदा करनी चाहिए। उन्होंने सरकार से माँग की थी कि वह यह मुद्दा रूस के समक्ष उठाए।

विजय का कहना था कि इस घटना के समय प्रधानमंत्री रूस में ही थे। क्या प्रधानमंत्री ने वहाँ इस मामले में कोई बातचीत की? प्रधानमंत्री को इस मामले में सदन के समक्ष स्पष्टीकरण देना चाहिए था।

कांग्रेस के पी जे कुरियन का कहना था कि गीता का संदेश सार्वभौमिक है। तत्कालीन संसदीय कार्य राज्यमंत्री राजीव शुक्ला के मुताबिक, इस मुद्दे पर सरकार की ओर से लोकसभा में दिए गए बयान में कहा गया कि जून 2011 में इस मामले के प्रकाश में आने के बाद से ही मॉस्को स्थित भारतीय दूतावास के अधिकारी तथा हमारे राजदूत इस्कॉन के स्थानीय प्रतिनिधियों के साथ नियमित संपर्क में हैं। इस्कॉन के प्रतिनिधियों को सलाह दी गई कि वे इस भ्रामक शिकायत का विरोध करने के लिए कानूनी प्रक्रिया अपनाएँ।

इस मामले को भारत स्थित रूस के राजदूत अलेक्जेंडर कदाकिन के

साथ भी उठाया गया था, जो स्वयं विख्यात भारत-विज्ञानी हैं। कदाकिन ने इस घटना की कड़ी निंदा करते हुए कहा था कि भगवद्गीता भारत तथा विश्व के लोगों के लिए ज्ञान का महान स्रोत है। उन्होंने भरोसा दिलाया था कि रूस धर्मनिरपेक्ष देश है, जहाँ सभी धर्मों का सम्मान किया जाता है।

विदेश मंत्री ने बताया था कि रूस की स्थानीय अदालत में जिस पुस्तक के बारे में शिकायत की गई थी, वह इस्कॉन के संस्थापक स्वामी प्रभुपाद द्वारा दिए गए प्रवचनों के अनुवाद 'भगवद्गीता यथारूप' के प्रकाशन के तीसरे संस्करण का रूसी अनुवाद है। इसके कुछ भागों को उग्रवादी विचारधारा से संबंधित बताते हुए साइबेरिया की अदालत में इसे प्रतिबंधित करने की याचिका दायर की गई थी।

अंत में जीत धर्म की हुई और रूस की अदालत ने गीता पर प्रतिबंध लगाने से मना कर दिया और गीता को विश्व का गौरवशाली ग्रंथ घोषित कर दिया।

गीता की बालोपयोगी शिक्षाएँ

आचार्याः पितरः पुत्रास्तथैव च पितामहाः।
मातुलाः श्वशुराः पौत्राः श्यालाः सम्बन्धिनस्थता ॥

आचार्य, ताऊ-चाचा, पुत्र और वैसे ही दादा, मामा, ससुर, पोते, साले तथा अन्य सब सम्बन्धीजन तो मरने-मारने के लिए आ खड़े हुए हैं। (ये मर गए तो राज्य किनके लिए प्राप्त करना है?)

एतान्न हन्तुमिच्छामि घ्नतोऽपि मधुसूदन।
अपि त्रैलोक्यराज्यस्य हेतोः किं नु महीकृते ॥

हे मधुसूदन! मारे जाने पर भी, अथवा विजयी हो तीन लोकों का राज्य पाने के लिए भी, मैं इन सबको मारने की इच्छा नहीं रखता। फिर इस भूमि के लिए तो कहना ही क्या? (अर्थात् यह तुच्छ वस्तु है।)

निहत्य धार्तराष्ट्रान्नः का प्रीतिः स्याज्जनार्दन।
पापमेवाश्रयेदस्मान्हत्वैता नाततायिनः ॥

हे जनार्दन! धृतराष्ट्र के पुत्रों को मारकर भी हमें प्रसन्नता नहीं होगी। इन आततायियों को मारकर तो हमें पाप ही लगेगा।

तस्मान्नार्हा वयं हन्तुं धार्तराष्ट्रान्स्वबान्धवान्।
स्वजनं हि कथं हत्वा सुखिनः स्याम माधव ॥

इस कारण हे माधव! अपने बान्धव, धृतराष्ट्र के पुत्रों को मारने के

लिए हम योग्य व्यक्ति नहीं हैं। (इनको मारना उचित नहीं है।) भला अपने कुटुम्बियों को मारकर हम कैसे सुखी रह सकते हैं?

यद्यप्येते न पश्यन्ति लोभोपहतचेतसः।
कुलक्षयकृतं दोषं मित्रद्रोहे च पातकम्॥
कथं न ज्ञेयमस्माभिः पापादस्मान्निवर्तितुम्।
कुलक्षयकृतं दोषं प्रपश्यद्भिर्जनार्दन॥
कुलक्षये प्रणश्यन्ति कुलधर्माः सनातनाः।
धर्मे नष्टे कुलं कृत्स्नमधर्मोऽभिभवत्युत॥

यद्यपि लोभ से भ्रष्टचित्त हो ये (दुर्योधन आदि) लोग, कुल के नाश होने के दोष को और मित्रों के साथ विरोध करने को पाप नहीं मानते, परन्तु हे कृष्ण!

हम, जो कुल के नाश होने के दोषों को जानते हैं, को ही इस पाप कर्म से बचने का उपाय क्यों नहीं करना चाहिए?

कुल के नाश होने से सनातन कुल-धर्म नष्ट हो जाते हैं और धर्म का नाश होने से पूर्ण कुल पाप से दब जाएगा।

अधर्माभिभवात्कृष्ण प्रदुष्यन्ति कुलस्त्रियः।
स्त्रीषु दुष्टासु वार्ष्णेय जायते वर्णसंकरः॥
संकरो नरकायैव कुलघ्नानां कुलस्य च।
पतन्ति पितरो ह्येषां लुप्तपिण्डोदकक्रियाः॥
दोषैरेतैः कुलघ्नानां वर्णसंकरकारकैः।
उत्साद्यन्ते जातिधर्माः कुलधर्माश्च शाश्वताः॥
उत्सन्नकुलधर्माणां मनुष्याणां जनार्दन।
नरकेऽनियतं वासो भवतीत्यनुशुश्रुम॥

हे कृष्ण! पाप के अधिक बढ़ जाने से कुल की स्त्रियाँ दूषित हो जाती

हैं। हे वार्ष्णेय (कृष्ण)! स्त्रियों के दूषित हो जाने से वर्णसंकर उत्पन्न होते हैं।

वर्णसंकर कुलघातियों को और कुल को भी नरक में ही ले जाने वाले होते हैं। पिण्ड-दान और जल की क्रिया के लोप हो जाने से (पितरों अर्थात् अपने पूर्वजों के प्रति श्रद्धा न रह जाने से) पितर भी नष्ट हो जाते हैं (पितरों के श्रेष्ठ गुण विस्मरण हो जाते हैं।) इन वर्णसंकरकारक दोषों से (अर्थात् वर्णसंकर सन्तान के उत्पन्न होने से) तथा कुल का नाश करने वालों के पनपने से सनातन कुल-धर्म और जाति-धर्म नष्ट हो जाते हैं।

हे जनार्दन! नष्ट हुए कुल-धर्म वाले मनुष्यों (समाज) का अनन्तकाल तक नरक में (पतन अवस्था में) वास होता है, ऐसा सुना जाता है।

अहो बत महत्पापं कर्तुं व्यवसिता वयम्।
यद्राज्यसुखलोभेन हन्तुं स्वजनमुद्यताः ॥

अहो! यह बहुत ही शोक की बात है कि हम लोग जो राज्य और सुख के लोभ से अपने ही सम्बन्धियों की हत्या करने के लिए तैयार हुए हैं, कितना महान् पाप करने को उद्यत हो रहे हैं।

यदि मामप्रतीकारमशस्त्रं शस्त्रपाणयः।
धार्तराष्ट्रा रणे हन्युस्तन्मे क्षेमतरं भवेत् ॥

यदि मुझे शस्त्ररहित, विरोध न करते हुए को, धृतराष्ट्र के पुत्र रण में मार डालेंगे तो भी मेरे लिए यह कल्याणकारी ही होगा।

एवमुक्त्वार्जुनः संख्ये रथोपस्थ उपाविशत्।
विसृज्य सशरं चापं शोकसंविग्नमानसः ॥

संजय ने कहा—रणभूमि में इस प्रकार कहकर शोक से ग्रसित अर्जुन धनुष-बाण त्यागकर रथ की पीठ के आश्रय बैठ गया।

तं तथा कृपयाविष्टमश्रुपूर्णाकुलेक्षणम्।
विषीदन्तमिदं वाक्यमुवाच मधुसूदनः॥

संजय ने धृतराष्ट्र से कहा – इस प्रकार करुणा से भरे अश्रुपूर्ण तथा व्याकुल नेत्रों से अत्यन्त शोक में ग्रस्त अर्जुन को मधुसूदन (कृष्ण) ने यह वचन कहा–

कुतस्त्वा कश्मलमिदं विषमे समुपस्थितम्।
अनार्यजुष्टमस्वर्ग्यमकीर्तिकरमर्जुन॥

भगवान् कृष्ण ने कहा–

अर्जुन! तुम्हें इस विषम स्थान (युद्धभूमि) में, यह अज्ञान किस कारण प्राप्त हुआ? यह न तो श्रेष्ठ पुरुषों का आचरण है और न ही यह कीर्ति तथा स्वर्ग को प्राप्त करा सकता है।

क्लैव्यं मा स्म गमः पार्थ नैतत्त्वय्युपपद्यते।
क्षुद्रं हृदयदौर्बल्यं त्यक्त्वोत्तिष्ठ परन्तप॥

पार्थ (अर्जुन)! इस नपुंसकता को मत प्राप्त हो। यह (नपुंसकता) तुझमें उचित नहीं है। हे परन्तप! हृदय की इस तुच्छ दुर्बलता को त्याग कर युद्ध के लिए खड़ा हो जा।

कथं भीष्ममहं संख्ये द्रोणं च मधुसूदन।
इषुभिः प्रतियोत्स्यामि पूजार्हावरिसूदन॥

अर्जुन ने कहा–

हे मधुसूदन! इस युद्धभूमि में मैं गुरु द्रोण और भीष्म के साथ कैसे अपने बाणों से युद्ध करूँगा? हे शत्रु का नाश करनेवाले (कृष्ण)! ये दोनों ही पूजनीय हैं।

गुरुनहत्वा हि महानुभावान्
श्रेयो भोक्तुं भैक्ष्यमपीह लोके।

हत्वार्थकामांस्तु गुरुनिहैव
भुञ्जीय भोगान्रुधिरप्रदिग्धान् ॥

महानुभाव गुरुजनों की हत्या न कर इस लोक में भीख माँगकर जीना भी अधिक कल्याणकारी होगा, क्योंकि (यदि युद्ध में जीतूँगा तो) गुरुओं की हत्या कर इनके रक्त से सने हुए अर्थ और काम रूपी भोगों को ही तो प्राप्त करूँगा।

न चैतद्विद्मः कतरन्नो गरीयो
यद्वा जयेम यदि वा नो जयेयुः।
यानेव हत्वा न जिजीविषाम-
स्तेऽवस्थिताः प्रमुखे धार्तराष्ट्राः ॥

हम यह भी नहीं जानते कि हमारे लिए क्या (करना) श्रेष्ठ है अथवा हम जीतेंगे या वे (धृतराष्ट्र के पुत्र) हमको जीतेंगे। जिनको मारकर हम जीना नहीं चाहते, वे धृतराष्ट्र के पुत्र हमारे सामने खड़े हैं।

कार्पण्यदोषोपहतस्वभावः
पृच्छामि त्वां धर्मसम्मूढचेताः।
यच्छ्रेयः स्यान्निश्चितं ब्रूहि तन्मे,
शिष्यस्तेऽहं शाधि मां त्वां प्रपन्नम् ॥

मैं कायरता के दोष से ग्रसित हो अपनी स्वाभाविक वृत्ति (शौर्य कार्य) से भ्रष्ट और धर्म के विषय में भ्रमित हुआ हूँ। इस कारण मैं आपसे पूछता हूँ कि मेरे लिए जो कल्याणकारी हो, वह मुझसे निश्चित रूप से कहिए। मैं आपका शिष्य हूँ, मुझे समझाइए, मैं आपकी शरण में हूँ।

न हि प्रपश्यामि ममापनुद्याद्
यच्छोकमुच्छोषणमिन्द्रियाणाम्।

अवाप्य भूमावासपत्नमृद्धं
राज्यं सुराणामपि चाधिपत्यम् ॥

मैं धन-धान्य सम्पन्न भूमि का राज्य और देवताओं का-सा स्वामित्व पाकर भी, (अपने पितर और गुरुजनों की हत्या से) जो शोक मुझमें व्याप्त होगा, उसको मिटा नहीं सकूँगा।

एवमुक्त्वा हृषीकेशं गुडाकेशः परंतप।
न योत्स्य इति गोविन्दमुक्त्वा तूष्णीं बभूव ह ॥

संजय धृतराष्ट्र से कहते हैं—

गुडाकेश (निद्राजयी अर्थात अर्जुन) हृषीकेश (कृष्ण) से यह कहकर कि "मैं युद्ध नहीं करूँगा," चुप हो गया।

तमुवाच हृषीकेशः प्रहसन्निव भारत।
सेनयोरुभयोर्मध्ये विषीदन्तमिदं वचः ॥

अशोच्यानन्वशोचस्त्वं प्रज्ञावादांश्च भाषसे।
गतासूनगतासूंश्च नानुशोचन्ति पण्डिताः ॥

हे भारत (भरतवंशी धृतराष्ट्र!) दोनों सेनाओं के बीच में खिन्न मन अर्जुन को, कृष्ण ने हँसते हुए ये वचन कहे।

श्रीकृष्ण ने कहा—

तू उनके लिए शोक कर रहा है, जिनके लिए शोक नहीं करना चाहिए। तू बुद्धिमानों जैसी बात कहता है, परन्तु ज्ञानी लोग तो न उनका शोक करते हैं, जो मर गए और न ही उनका शोक करते हैं, जो अभी जीवित हैं।

न त्वेवाहं जातु नासं न त्वं नेमे जनाधिपाः।
न चैव न भविष्यामः सर्वे वयमतः परम् ॥

न तो ऐसा ही है कि मैं किसी काल में नहीं था, तू नहीं था, ये राजा लोग नहीं थे और न ही ऐसा है कि इससे आगे हम सब नहीं रहेंगे।

देहिनोऽस्मिन्यथा देहे कौमारं यौवनं जरा।
तथा देहान्तरप्राप्तिर्धीरस्तत्र न मुह्यति ॥

जैसे आत्मा की इस देह की कुमार, युवा तथा वृद्धावस्था होती है (और जीवात्मा नहीं बदलता, वही का वही रहता है) वैसे ही एक देह छूटकर दूसरी प्राप्त हो जाती है। बुद्धिमान मनुष्य इससे मोहित नहीं होता।

मात्रास्पर्शास्तु कौन्तेय शीतोष्णसुखदुःखदाः।
आगमापायिनोऽनित्यास्तांस्तितिक्षस्व भारत ॥

हे कौन्तेय! (कुन्तीपुत्र अर्जुन)! इन्द्रियों और विषयों के संयोग से उत्पन्न सर्दी-गर्मी तथा सुख-दुःख को तुम क्षणिक और अनित्य स्थिति समझकर उनको सहन करो।

यं हि न व्यथयन्त्येते पुरुषं पुरुषर्षभ।
समदुःखसुखं धीरं सोऽमृतत्वाय कल्पते ॥

हे पुरुषों में श्रेष्ठ (अर्जुन)! जिस सुख-दुःख को समझनेवाले धीर (संतुलित मन वाले) पुरुष को ये सुख-दुःख व्याकुल नहीं कर सकते, वह श्रेष्ठ पुरुष मोक्ष पाने के योग्य होता है।

(सुख-दुःख से अभिप्राय पूर्व श्लोक में कहे शीतोष्ण आदि इन्द्रियों के सुख-दुःख हैं।)

नासतो विद्यते भावो नाभावो विद्यते सतः।
उभयोरपि दृष्टोऽन्तस्त्वनयोस्तत्त्वदर्शिभिः ॥

जो वस्तु असत् (अनुपस्थित) है, उसका होना नहीं हो सकता और जो सत् अर्थात् उपस्थित है, उसका न होना नहीं हो सकता। ज्ञानी पुरुषों द्वारा इन दोनों का ही तत्त्व देखा गया है।

अविनाशि तु तद्विद्धि येन सर्वमिदं ततम्।
विनाशमव्ययस्यास्य न कश्चित्कर्तुमर्हति ॥

नाशरहित उसको जानो, जो इस सकल संसार में उपस्थित (ओत-प्रोत) है। इस अविनाशी का विनाश करने में कोई भी समर्थ नहीं है।

अन्तवन्त इमे देहा नित्यस्योक्ताः शरीरिणः।
अनाशिनोऽप्रमेयस्य तस्माद्युध्यस्व भारत ॥

अप्रमेय तथा नित्य शरीरी (जीवात्मा) के ये शरीर, नाश होने वाले कहे गए हैं। इस कारण हे भारत (अर्जुन)! युद्ध कर।

य एनं वेत्ति हन्तारं यश्चैनं मन्यते हतम्।
उभौ तौ न विजानीतो नायं हन्ति न हन्यते ॥

जो इस आत्मा को मारनेवाला समझता है तथा जो इसको मरा हुआ मानता है, वे दोनों अज्ञानी हैं। क्योंकि यह आत्मा न मरता है और न मारा जाता है।

न जायते म्रियते वा कदाचि-
न्नायं भूत्वा भविता वा न भूयः।
अजो नित्यः शाश्वतोऽयं पुराणो
न हन्यते हन्यमाने शरीरे ॥

यह जीवात्मा न तो कभी उत्पन्न होता है और न कभी मरता है। यह मरकर न तो फिर होने वाला (जन्म लेने वाला) है। यह अजन्मा, नित्य, शाश्वत, पुरातन है। शरीर के नाश होने पर भी यह नष्ट नहीं होता।

वेदाविनाशिनं नित्यं य एनमजमव्ययम्।
कथं स पुरुषः पार्थ कं घातयति हन्ति कम् ॥

हे पार्थ (पृथापुत्र अर्जुन)! जो इस आत्मा को नाशरहित, नित्य, अजन्मा

और अव्यय (व्यय अर्थात खर्च न होनेवाला) जानता है, वह पुरुष भला कैसे और किसको मारता है?

वासांसि जीर्णानि यथा विहाय
नवानि गृह्णाति नरोऽपराणि।
तथा शरीराणि विहाय जीर्णा-
न्यन्यानि संयाति नवानि देही ॥

जैसे मनुष्य पुराने वस्त्रों को उतारकर नए वस्त्र ग्रहण करता है, उसी प्रकार जीवात्मा पुराने शरीर को छोड़कर नए शरीर को प्राप्त होता है।

नैनं छिन्दन्ति शस्त्राणि नैनं दहति पावकः।
न चैनं क्लेदयन्त्यापो न शोषयति मारुतः ॥

अच्छेद्योऽयमदाह्योऽयमक्लेद्योऽशोष्य एव च।
नित्यः सर्वगतः स्थाणुरचलोऽयं सनातनः ॥

इस आत्मा को शस्त्र काट नहीं सकते, इसको आग जला नहीं सकती, इसको जल गीला नहीं कर सकता और वायु इसको सुखा नहीं सकती।

यह आत्मा अच्छेद्य है, अदाह्य है, न गलने वाला है और सूखता नहीं। यह निःसन्देह नित्य है। सब शरीर के अंगों में इसकी गति है। यह अचल तथा स्थिर रहने वाला है।

अव्यक्तोऽयमचिन्त्योऽयमविकार्योऽयमुच्यते।
तस्मादेवं विदित्वैनं नानुशोचितुमर्हसि ॥

यह (जीवात्मा) अव्यक्त (इन्द्रियों का जो विषय न हो) है, अचिन्त्य है (मन का विषय नहीं है), न बदलने वाला (विकाररहित) है, ऐसा कहा जाता है। इन (जीवात्माओं) को ऐसा जानकर, इनका (आततायियों को मारने का) शोक करना उचित नहीं है।

अथ चैनं नित्यजातं नित्यं वा मन्यसे मृतम्।
तथापि त्वं महाबाहो नैवं शोचितुमर्हसि ॥

और यदि तू इनको (मनुष्यों को) सदा उत्पन्न होने वाला और मरने वाला मानता है तो भी, हे अर्जुन! (इनकी मृत्यु पर) शोक करने की आवश्यकता नहीं है (क्योंकि ये पुनः उत्पन्न हो जाएँगे)।

जातस्य हि ध्रुवो मृत्युर्ध्रुवं जन्म मृतस्य च।
तस्मादपरिहार्येऽर्थे न त्वं शोचितुमर्हसि ॥

क्योंकि जो जन्म लेता है, उसकी मृत्यु निश्चित होती है और मरने वाले का जन्म निश्चित होता है। इस कारण भी तू ऐसे विषय में, जिसमें तेरा वश नहीं, शोक करने योग्य नहीं है।

अव्यक्तादीनि भूतानि व्यक्तमध्यानि भारत।
अव्यक्तनिधनान्येव तत्र का परिदेवना ॥

हे अर्जुन! आदि में सब प्राणी अव्यक्त (शरीररहित) थे। बीच में वे व्यक्त (दिखाई देने वाले) हो गए। मृत्यु के बाद वे फिर अव्यक्त (शरीररहित) हो जाएँगे। (जब ऐसी स्थिति है) तो फिर इस (मरने-मारने के विषय) में चिन्ता किस बात की है?

आश्चर्यवत्पश्यति कश्चिदेन-
माश्चर्यवद्वदति तथैव चान्यः।
आश्चर्यवच्चैनमन्यः शृणोति
श्रुत्वाप्येनं वेद न चैव कश्चित् ॥

कोई इस (जीवात्मा) को आश्चर्य के समान देखता है, कोई इसको आश्चर्य के समान कहता है और दूसरा इसको एक आश्चर्यवान वस्तु की भाँति सुनता है और कोई इसको सुनकर भी नहीं जानता।

देही नित्यमवध्योऽयं देहे सर्वस्य भारत।
तस्मात्सर्वाणि भूतानि न त्वं शोचितुमर्हसि ॥

हे भारत! यह (आत्मा) सबके शरीर में सदा ही न मारा जाने योग्य है (अर्थात् मारा नहीं जा सकता)। इस कारण सब प्राणियों के लिए भी तुम शोक करने के योग्य नहीं हो (शोक करने की आवश्यकता नहीं है)।

स्वधर्ममपि चावेक्ष्य न विकम्पितुमर्हसि।
धर्म्याद्धि युद्धाच्छ्रेयोऽन्यत्क्षत्रियस्य न विद्यते॥

और अपने (क्षत्रिय में उत्पन्न हुए) धर्म को देखकर भी तू भय करने के योग्य नहीं है (तुझे भय करने की आवश्यकता नहीं है), क्योंकि क्षत्रिय के लिए धर्म की स्थापना के लिए युद्ध करने से अन्य कोई श्रेष्ठ कर्म नहीं है।

यदृच्छया चोपपन्नं स्वर्गद्वारमपावृतम्।
सुखिनः क्षत्रियाः पार्थ लभन्ते युद्धमीदृशम् ॥
अथ चेत्त्वमिमं धर्म्यं संग्रामं न करिष्यसि।
ततः स्वधर्मं कीर्तिं च हित्वा पापमवाप्स्यसि ॥
अकीर्तिं चापि भूतानि कथयिष्यन्ति तेऽव्ययाम्।
सम्भावितस्य चाकीर्तिर्मरणादतिरिच्यते ॥

हे पार्थ! यह युद्ध अपने आप प्राप्त होने से खुले हुए स्वर्ग के द्वार के समान है। ऐसे युद्ध को भाग्यवान् क्षत्रिय लोग ही प्राप्त करते हैं और यदि तू इस धर्मयुक्त संग्राम को नहीं करेगा तो तू (अपने क्षत्रिय वर्ण के तथा राजकुल में उत्पन्न होने के धर्म का पालन न करने से) स्वधर्म को तथा कीर्ति (ख्याति) को खोकर पाप का भागी बनेगा। और सब लोग अनन्तकाल तक तेरी अपकीर्ति (बदनामी) करेंगे। यह अपकीर्ति एक मान्य पुरुष के लिए मृत्यु से भी बुरी बात है।

भयाद्रणादुपरतं मंस्यन्ते त्वां महारथाः।
येषां च त्वं बहुमतो भूत्वा यास्यसि लाघवम् ॥
अवाच्यवादांश्च बहून्वदिष्यन्ति तवाहिताः।
निन्दन्तस्तव सामर्थ्यं ततो दुःखतरं नु किम् ॥

और वे महारथी जो तुझको बहुत मानते हैं, (युद्ध छोड़ने पर) उनके सम्मुख तू छोटा हो जाएगा। वे लोग तुझे रण में भय के कारण भागा

हुआ समझेंगे। वे और तेरे बैरी लोग तेरे सामर्थ्य की निन्दा करेंगे। वे तुम्हें न कहने योग्य वचन कहेंगे। फिर इससे अधिक दुःख की बात और क्या होगी?

हतो वा प्राप्स्यसि स्वर्गं जित्वा वा भोक्ष्यसे महीम्।
तस्मादुत्तिष्ठ कौन्तेय युद्धाय कृतनिश्चयः॥
सुखदुःखे समे कृत्वा लाभालाभौ जयाजयौ।
ततो युद्धाय युज्यस्व नैवं पापमवाप्स्यसि॥

यदि मारे गए तो स्वर्ग को प्राप्त करोगे अथवा विजयी हुए तो तुम इस पृथ्वी का भोग करोगे। इसलिए हे कुन्तीपुत्र! उठो और कृतसंकल्प होकर युद्ध करो। सुख-दुःख, लाभ-हानि को समान समझकर युद्ध के लिए तैयार हो जाओ। ऐसे युद्ध को करता हुआ तू पाप को प्राप्त नहीं होगा।

एषा तेऽभिहिता सांख्ये बुद्धिर्योगे त्विमां शृणु।
बुद्ध्या युक्तो यया पार्थ कर्मबन्धं प्रहास्यसि॥

हे अर्जुन! यह बुद्धि (ज्ञान) जो सांख्यानुसार मैंने तुझे कही है, अब यही बुद्धि मैं तुझे योग के अनुसार कहूँगा, जिसके ज्ञान से तू कर्मबन्धन को नष्ट कर सकेगा।

नेहाभिक्रमनाशोऽस्ति प्रत्यवायो न विद्यते।
स्वल्पमप्यस्य धर्मस्य त्रायते महतो भयात्॥

कर्मों का क्रम नष्ट नहीं होता। (कर्मफल उलटकर कर्म कराता है, वह क्रम समाप्त नहीं होता)। इस कारण इस (कर्मयोग) का थोड़ा-सा भी प्रयोग बहुत बड़े पाप के भय से बचा देता है।

व्यवसायात्मिका बुद्धिरेकेह कुरुनन्दन।
बहुशाखा ह्यनन्ताश्च बुद्धयोऽव्यवसायिनाम्॥

हे कुरुनन्दन (अर्जुन)! निश्चयात्मक बुद्धि एक ही होती है और

अनिश्चयात्मक बुद्धियाँ कई होती हैं। इसकी कई शाखाएँ होती हैं अर्थात् यह बहुत भेदोंवाली होती है।

यामिमां पुष्पितां वाचं प्रवदन्त्यविपश्चितः।
वेदवादरताः पार्थ नान्यदस्तीति वादिनः॥
कामात्मानः स्वर्गपरा जन्मकर्मफलप्रदाम्।
क्रियाविशेषबहुलां भोगैश्वर्यगतिं प्रति॥
भोगैश्वर्यप्रसक्तानां तयापहृतचेतसाम्।
व्यवसायात्मिका बुद्धिः समाधौ न विधीयते॥

हे पार्थ! कामनाओं से युक्त ज्ञान की डींग हाँकने वाले अविवेकीजन स्वर्ग को ही परम श्रेष्ठ मानने वाले, इस जन्म में ही कर्मफल को मानने वाले, भोग तथा ऐश्वर्य को प्राप्त करने के लिए बहुत-सी ऊँच-नीच की सुन्दर लुभायमान बातें करते हैं। उनकी (ऐसे पुरुषों की) वाणी चित्त को हरने वाली (लुभाने वाली) भोग तथा ऐश्वर्य में आसक्ति उत्पन्न करने वाली होती है। ऐसे लोगों के अन्तःकरण में निश्चयात्मक बुद्धि नहीं होती। अभिप्राय यह है कि जो जन भोग और ऐश्वर्य में लीन रहते हैं, उनकी बुद्धि अस्थिर रहती है।

त्रैगुण्यविषया वेदा निस्त्रैगुण्यो भवार्जुन।
निर्द्वन्द्वो नित्यसत्त्वस्थो निर्योगक्षेम आत्मवान्॥

हे अर्जुन! इन ज्ञानियों (वैज्ञानिकों) का विषय त्रिगुणात्मक (प्रकृति) का है। तू इन तीन गुणों की (प्रकृति) से ऊपर उठ (इससे बाहर हो जा), द्वन्द्वों से रहित हो जा और सत्त्वस्थ हो योग-क्षेम से विमुक्त होकर आत्मवान् बन।

यावानर्थ उदपाने सर्वतः सम्प्लुतोदके।
तावान्सर्वेषु वेदेषु ब्राह्मणस्य विजानतः॥

सब ओर से परिपूर्ण (किनारों तक) जल से भरे हुए सरोवर की प्राप्ति पर, जो प्रयोजन एक टोंबड़ी (किसी गड्ढे में भरे जल) से हो सकता है, वही प्रयोजन विशाल ब्रह्म का ज्ञान रखने वाले का इस जगत् का ज्ञान रखने वालों से है।

कर्मण्येवाधिकारस्ते मा फलेषु कदाचन।
मा कर्मफलहेतुर्भूर्मा ते सङ्गोऽस्त्वकर्मणि॥

कर्म करना तो तेरा अधिकार है। इसके फल पर अभी तेरा अधिकार नहीं। तू अपने कर्मों के फल को अपना हेतु न बना। न ही अकर्म (कर्म न करने) में प्रीति रख।

योगस्थः कुरु कर्माणि सङ्गं त्यक्त्वा धनञ्जय।
सिद्ध्यसिद्ध्योः समो भूत्वा समत्वं योग उच्यते॥

हे अर्जुन! योगयुक्त होकर मोह को छोड़कर कर्म कर। सिद्धि-असिद्धि (सफलता-असफलता) में समभाव से कर्म कर। यह समभाव ही योग कहा जाता है।

दूरेण ह्यवरं कर्म बुद्धियोगाद्धनञ्जय।
बुद्धौ शरणमन्विच्छ कृपणाः फलहेतवः॥

हे अर्जुन! बुद्धि से विचारित कर्म से दूर कर्म अति तुच्छ है, इसलिए बुद्धि (सम बुद्धि) की शरण ग्रहण कर, क्योंकि फल के हेतु से किया कर्म अत्यन्त हीन है।

बुद्धियुक्तो जहातीह उभे सुकृतदुष्कृते।
तस्माद्योगाय युज्यस्व योगः कर्मसु कौशलम्॥

बुद्धिशील व्यक्ति अच्छे-बुरे दोनों फल वाले कर्मों (अर्थात् सुखकारक अथवा दुःखकारक कर्मों) को यहीं त्याग देता है। इस कारण तू इस बुद्धि

(समभाव) के लिए प्रयत्न कर। कर्मों में कुशलता ही योग (समभाव वाली बुद्धि) है।

कर्मजं बुद्धियुक्ता हि फलं त्यक्त्वा मनीषिणः।
जन्मबन्धविनिर्मुक्ताः पदं गच्छन्त्यनामयम् ॥

मनीषी (ज्ञानी लोग) बुद्धि के सहाय से किए कर्मों से उत्पन्न होने वाले फलों का त्याग करते हैं और जन्म-मरण के बन्धन से छूटकर निर्मल पद को प्राप्त करते हैं। (अभिप्राय यह है कि फल की इच्छा के बिना निष्काम भाव से कर्म करने वाला बन्धनों से छूट जाता है।)

यदा ते मोहकलिलं बुद्धिर्व्यतितरिष्यति।
तदा गन्तासि निर्वेदं श्रोतव्यस्य श्रुतस्य च ॥

जब तुम्हारी बुद्धि मोहरूपी दलदल को पार कर जाएगी, तब तू न सुने हुए को और न जाने हुए को प्राप्त होगा।

श्रुतिविप्रतिपन्ना ते यदा स्थास्यति निश्चला।
समाधावचला बुद्धिस्तदा योगमवाप्स्यसि ॥

विविध प्रकार की सम्मतियों से अस्थिर हुई बुद्धि जब समाधि से अचल (स्थिर) हो जाएगी, तब तू बुद्धियोग को प्राप्त होगा।

अभिप्राय यह है कि इन सुनी हुई, सुनी जाने वाली अथवा सुनने योग्य सम्मतियों को छोड़कर, समाधि अवस्था में होकर, जब निश्चल बुद्धि से विचार करेगा तो बुद्धियोग को प्राप्त होगा।

स्थितप्रज्ञस्य का भाषा समाधिस्थस्य केशव।
स्थितधीः किं प्रभाषेत किमासीत व्रजेत किम् ॥

अर्जुन प्रश्न करता है—

हे केशव! समाधि में स्थिर बुद्धि वाले पुरुष का क्या लक्षण है? स्थिरबुद्धि पुरुष कैसे बोलता है, कैसे बैठता अथवा कैसे चलता है?

अर्जुन का प्रश्न है – स्थितप्रज्ञ क्या होता है? ऐसे व्यक्ति की बुद्धि कैसी होती है? वह व्यक्ति क्या विचार करता है, क्या काम करता है, कैसे चलता है, कैसे बैठता है इत्यादि।

जिस व्यक्ति की बुद्धि स्थिर होती है, वह अपने कर्मों को ऐसे करता है, जिससे वे कर्म उसे कर्मों के चक्र में बाँधते नहीं। प्रश्न किया गया है कि वह बुद्धि (विचारित कर्म-विधि) क्या है?

प्रजहाति यदा कामान्सर्वान्पार्थ मनोगतान्।
आत्मन्येवात्मना तुष्टः स्थितप्रज्ञस्तदोच्यते ॥

श्री कृष्ण कहते हैं –

हे अर्जुन! जब (मनुष्य) सब कामनाओं को त्याग देता है, उस समय आत्मा से आत्मा में ही सन्तुष्ट हुआ मनुष्य स्थितप्रज्ञ कहा जाता है।

दुःखेष्वनुद्विग्नमनाः सुखेषु विगतस्पृहः।
वीतरागभयक्रोधः स्थितधीर्मुनिरुच्यते ॥

दुःखों की स्थिति में जो मन में क्लेश अनुभव नहीं करता और सुखों की स्थिति से मोह नहीं करता, राग तथा भय और क्रोध से रहित मुनि (मननशील व्यक्ति) स्थितप्रज्ञ कहलाता है।

यः सर्वत्रानभिस्नेहस्तत्तत्प्राप्य शुभाशुभम्।
नाभिनन्दति न द्वेष्टि तस्य प्रज्ञा प्रतिष्ठिता ॥

जो मनुष्य स्नेहरहित हुआ है, शुभ तथा अशुभ को प्राप्त होकर, न प्रसन्न होता है, न ही किसी से द्वेष करता है, उसकी बुद्धि स्थिर है।

यदा संहरते चायं कूर्मोऽङ्गानीव सर्वशः।
इन्द्रियाणीन्द्रियार्थेभ्यस्तस्य प्रज्ञा प्रतिष्ठिता ॥

और यह (ऊपर के श्लोक में वर्णित मनुष्य) अपनी इन्द्रियों को, विषयों

से ऐसे समेट लेता है, जैसे कछुआ अपने सब अंगों को अपनी पीठ के नीचे समेट लेता है। ऐसे व्यक्ति की बुद्धि स्थिर कही जाती है।

विषया विनिवर्तन्ते निराहारस्य देहिनः।
रसवर्जं रसोऽप्यस्य परं दृष्ट्वा निवर्तते ॥

विषयों से पृथक् हुए मनुष्य के विषय तो निवृत्त हो जाते हैं, किंतु मन से विषयों का रस (विषयों की स्मृति) नहीं छूटता। परन्तु इस (स्थितप्रज्ञ पुरुष) का राग अर्थात विषय की स्मृति भी छूट जाती है।

यततो ह्यपि कौन्तेय पुरुषस्य विपश्चितः।
इन्द्रियाणि प्रमाथीनि हरन्ति प्रसभं मनः ॥
तानि सर्वाणि संयम्य युक्त आसीत मत्परः।
वशे हि यस्येन्द्रियाणि तस्य प्रज्ञा प्रतिष्ठिता ॥

बुद्धिमान मनुष्य के यत्न करने पर भी, ये प्रमथन स्वभाववाली इन्द्रियाँ बलपूर्वक उसके मन को हर लेती हैं (विवश कर देती है)।

इससे उन सम्पूर्ण इन्द्रियों को वश में करके योगयुक्त हो मेरे (ईश्वर के) परायण कर दे। क्योंकि जिस पुरुष की इन्द्रियाँ वश में होती हैं, उसकी बुद्धि स्थिर होती है।

ध्यायतो विषयान्पुंसः सङ्गस्तेषूपजायते।
सङ्गात्संजायते कामः कामात्क्रोधोऽभिजायते ॥
क्रोधाद्भवति सम्मोहः सम्मोहात्स्मृतिविभ्रमः।
स्मृतिभ्रंशाद् बुद्धिनाशो बुद्धिनाशात्प्रणश्यति ॥

विषयों का चिन्तन करने वाले मनुष्य की उन विषयों में आसक्ति हो जाती है। इस आसक्ति से कामनाओं की उत्पत्ति होती है। कामनाओं के पूर्ण न होने से क्रोध उत्पन्न होता है। क्रोध से मूढ़ता (बुद्धिभ्रष्टता)

उत्पन्न होती है। बुद्धि के भ्रष्ट होने से स्मरणशक्ति विलुप्त हो जाती है। स्मृति के विनाश होने पर सब-कुछ नष्ट हो जाता है।

प्रकृतेः क्रियमाणानि गुणैः कर्माणि सर्वशः।
अहङ्कारविमूढात्मा कर्ताहमिति मन्यते॥

सब कर्म प्रकृति के गुणों से प्रेरित हो मनुष्य द्वारा किए जाते हैं, परन्तु मूढ़ (जड़बुद्धि) समझते हैं कि हम ही कर रहे हैं।

तत्त्ववित्तु महाबाहो गुणकर्मविभागयोः।
गुणा गुणेषु वर्तन्त इति मत्वा न सज्जते॥

हे महाबाहो (अर्जुन)! तत्त्व को जानने वाला ज्ञानी पुरुष जो गुण और गुण के कर्म को जानता है, वह यह जानकर कि गुण गुणों में वर्तते हैं (अर्थात् स्वाद और बेस्वाद गुणों का ही खेल है), इनके आकर्षण में नहीं पड़ता।

मयि सर्वाणि कर्माणि संन्यस्याध्यात्मचेतसा।
निराशीर्निर्ममो भूत्वा युध्यस्व विगतज्वरः॥

अपने आत्मा के कल्याण का विचार कर सब कर्म मुझ (परमात्मा) में अर्पण करके आशारहित (फल की आशा छोड़कर), मोह-ममतारहित होकर तथा बिना चिन्ता किये युद्ध कर।

काम एष क्रोध एष रजोगुणसमुद्भवः।
महाशनो महापाप्मा विद्ध्येनमिह वैरिणम्॥
धूमेनाव्रियते वह्निर्यथादर्शो मलेन च।
यथोल्बेनावृतो गर्भस्तथा तेनेदमावृतम्॥

श्री कृष्ण ने कहा–

ये काम और क्रोध रजोगुण से उत्पन्न होते हैं, यह क्रोध (अग्नि के

समान) सर्वभक्षी है। यह बड़ा पापी है। इसे तू बैरी जान! (अग्नि की भाँति ये काम, क्रोध भोगों से तृप्त नहीं होते, प्रत्युत और भी बढ़ते हैं)। जैसे धुएँ से अग्नि और मैल से दर्पण ढक जाता है और जैसे जेर से गर्भ ढका होता है, वैसे ही काम के द्वारा यह (जीवात्मा) ढक जाता है।

आवृतं ज्ञानमेतेन ज्ञानिनो नित्यवैरिणा।
कामरूपेण कौन्तेय दुष्पूरेणानलेन च ॥

हे कुन्तीपुत्र (अर्जुन)! अग्नि की भाँति सन्तुष्ट न होने वाला यह काम ज्ञानियों का सतत बैरी होने से (उनके) ज्ञान को ढक लेता है।

इन्द्रियाणि मनो बुद्धिरस्याधिष्ठानमुच्यते।
एतैर्विमोहयत्येष ज्ञानमावृत्य देहिनम् ॥
तस्मात्त्वमिन्द्रियाण्यादौ नियम्य भरतर्षभ।
पाप्मानं प्रजहि ह्येनं ज्ञानविज्ञाननाशनम् ॥

इन्द्रियाँ, मन और बुद्धि, काम तथा क्रोध के निवासस्थान हैं और इन (मन, बुद्धि और इन्द्रियों) के द्वारा ही ज्ञान को आच्छादित करके जीवात्मा को मोहित कर लिया जाता है। इस कारण हे अर्जुन! पहले इन्द्रियों को वश में करके ज्ञान और विज्ञान का नाश करने वाले पापी (काम) को नष्ट कर।

इन्द्रियाणि पराण्याहुरिन्द्रियेभ्यः परं मनः।
मनसस्तु परा बुद्धिर्यो बुद्धेः परतस्तु सः ॥
एवं बुद्धेः परं बुद्ध्वा संस्तभ्यात्मानमात्मना।
जहि शत्रुं महाबाहो कामरूपं दुरासदम् ॥

इन्द्रियाँ बलवान कही जाती हैं। इन्द्रियों से बलवान मन है और मन से बलवान बुद्धि है और बुद्धि से भी ऊपर (अधिक बलवान) आत्मा है। इसलिए बुद्धि से भी ऊपर अपनी आत्मा को जानकर बुद्धि के द्वारा

अपने आप (मन और इन्द्रियों) को वश में करके कामरूपी घोर शत्रु को जीत।

बहूनि मे व्यतीतानि जन्मानि तव चार्जुन।
तान्यहं वेद सर्वाणि न त्वं वेत्थ परन्तप ॥

श्री कृष्ण ने कहा—

हे अर्जुन! मेरे और तेरे भी बहुत जन्म व्यतीत हो चुके हैं। उन सबको तू नहीं जानता, परन्तु मैं जानता हूँ।

अजोऽपि सन्नव्ययात्मा
भूतानामीश्वरोऽपि सन्।
प्रकृतिं स्वामधिष्ठाय
संभवाम्यात्ममायया ॥

मैं अर्थात् मेरा आत्मा अविनाशी होने पर भी सब भूतों (पंचभूतों) का स्वामी है। वह प्रकृति (भूतों) को अपने अधीन कर, अपनी शक्ति से प्रकट होता है।

यदा यदा हि धर्मस्य ग्लानिर्भवति भारत।
अभ्युत्थानमधर्मस्य तदात्मानं सृजाम्यहम् ॥
परित्राणाय साधूनां विनाशाय च दुष्कृताम्।
धर्मसंस्थापनार्थाय सम्भवामि युगे युगे ॥

हे अर्जुन! जब-जब धर्म की हानि होती है और अधर्म की वृद्धि होती है, तब-तब मैं धर्म के उद्धार के लिए अपने शरीर को रचता हूँ (प्रकट करता हूँ)। समय-समय पर मैं साधुजनों के भय को दूर करने के लिए दूषित कर्म करने वालों (दुष्टों) के विनाश के लिए तथा धर्म की स्थापना के लिए जन्म लेता हूँ।

जन्म कर्म च मे दिव्यमेवं यो वेत्ति तत्त्वतः।
त्यक्त्वा देहं पुनर्जन्म नैति मामेति सोऽर्जुन ॥
वीतरागभयक्रोधा मन्मया मामुपाश्रिताः।
बहवो ज्ञानतपसा पूता मद्भावमागताः ॥

मेरा जन्म और मेरे कर्म भी दिव्य हैं। जो इस प्रकार तत्त्व से जानता है, देह त्यागने के उपरान्त वह पुनः जन्म नहीं लेता और मुझे प्राप्त होता है। राग, क्रोध और भय को त्यागकर, मेरे आश्रय होकर, (मेरे कहे अनुसार कर्म कर) अनेक जन ज्ञानरूप तप से शुद्ध होकर मेरे ही स्वरूप को पा चुके हैं।

ये यथा मां प्रपद्यन्ते तांस्तथैव भजाम्यहम्।
मम वर्त्मानुवर्तन्ते मनुष्याः पार्थ सर्वशः ॥

जो मुझे भजते हैं (मेरे पदचिह्नों पर चलते हैं), मैं उनको भजता हूँ (उनको अपना ऐश्वर्य बाँटकर चलता हूँ)। जो मनुष्य मेरा अनुवर्तन करते हैं (मेरे बताये मार्ग पर चलते हैं), हे अर्जुन! वे मेरे मार्ग पर आ जाते हैं।

काङ्क्षन्तः कर्मणां सिद्धिं यजन्त इह देवताः।
क्षिप्रं हि मानुषे लोके सिद्धिर्भवति कर्मजा ॥

जो मनुष्य इस लोक में कर्मों की सिद्धि की इच्छा करते हैं, वे यहाँ के देवताओं का अनुकरण करते हैं। उनको कर्मों का फल भी शीघ्र मिल जाता है।

चातुर्वर्ण्यं मया सृष्टं गुणकर्मविभागशः।
तस्य कर्तारमपि मां विद्ध्यकर्तारमव्ययम् ॥
न मां कर्माणि लिम्पन्ति न मे कर्मफले स्पृहा।
इति मां योऽभिजानाति कर्मभिर्न स बध्यते ॥

एवं ज्ञात्वा कृतं कर्म पूर्वैरपि मुमुक्षुभिः।
कुरु कर्मैव तस्मात्त्वं पूर्वैः पूर्वतरं कृतम् ॥

गुण-कर्म के अनुसार चार वर्ण रचे गये हैं। ऐसा रचने पर भी मुझे तू न रचनेवाला जान। (क्योंकि) मैं (गुण, कर्म, स्वभाव से वर्ण-व्यवस्था करते हुए भी) कर्म से लिप्त नहीं होता, न ही मुझे कर्म के फल से स्पृहा (मोह) है। जो इस प्रकार मुझको जानते हैं, वे भी कर्मों से नहीं बँधते ।

पूर्व काल में हुए मुमुक्षजन (जो मुक्ति पाने के योग्य लोग थे वे) भी ऐसा जानकर कर्म करते हुए इस योग्य हुए थे। इसलिए तू कर्म को वैसे ही कर, जैसे पूर्व के (मुमुक्षजन) करते रहे हैं।

किं कर्म किमकर्मेति कवयोऽप्यत्र मोहिताः।
तत्ते कर्म प्रवक्ष्यामि यज्ज्ञात्वा मोक्ष्यसेऽशुभात् ॥

कर्म क्या है और अकर्म क्या है, इस विषय में बुद्धिमान् मनुष्य भी मोहित हैं (भ्रम में फँसे हुए हैं)। मैं तेरे लिए कर्म के तत्त्व को भलीभाँति कहूँगा, जिसे जानकर तू अशुभ (कर्म के शुभ-अशुभ फल) से बच जाएगा।

कर्मणो ह्यपि बोद्धव्यं बोद्धव्यं च विकर्मणः।
अकर्मणश्च बोद्धव्यं गहना कर्मणो गतिः ॥

कर्म के, अकर्म के और विकर्म के स्वरूप को जानना चाहिए, क्योंकि कर्मों की गति गहन (जानने में कठिन) है।

कर्मण्यकर्म यः पश्येदकर्मणि च कर्म यः।
स बुद्धिमान्मनुष्येषु स युक्तः कृत्स्नकर्मकृत् ॥

जो पुरुष कर्म में अकर्म को देखता है और जो अकर्म में कर्म को (देखता है), वह मनुष्यों में बुद्धिमान है, वह योगी कर्मों को भलीभाँति करने वाला है।

यस्य सर्वे समारम्भाः कामसंकल्पवर्जिताः।
ज्ञानाग्निदग्धकर्माणं तमाहुः पण्डितं बुधाः॥

जिसके सम्पूर्ण कार्य कामना और संकल्प से रहित हैं और जिसके कर्म ज्ञान की अग्नि से दग्ध (शुद्ध) किये हैं, उसे ज्ञानीजन पण्डित (विद्वान्) कहते हैं।

त्यक्त्वा कर्मफलासङ्गं नित्यतृप्तो निराश्रयः।
कर्मण्यभिप्रवृत्तोऽपि नैव किञ्चित्करोति सः॥

कर्मफल का मोह छोड़ अर्थात् उसके फल की इच्छा न कर, सदा तृप्त (प्रसन्न) रहनेवाला व्यक्ति सदा अच्छा व्यवहार करता हुआ भी, कुछ नहीं करता। अभिप्राय यह है कि कर्मफल उसे नहीं बाँधते।

श्रेयान्द्रव्यमयाद्यज्ञाज्ज्ञानयज्ञः परंतप।
सर्वं कर्माखिलं पार्थ ज्ञाने परिसमाप्यते॥

हे अर्जुन! द्रव्य (धन-धान्यादि) से किए जानेवाले यज्ञों से ज्ञानरूपी यज्ञ श्रेष्ठ है। संसार के सब कार्य ज्ञान में ही समाप्त होते हैं।

तद्विद्धि प्रणिपातेन परिप्रश्नेन सेवया।
उपदेक्ष्यन्ति ते ज्ञानं ज्ञानिनस्तत्त्वदर्शिनः॥
यज्ज्ञात्वा न पुनर्मोहमेवं यास्यसि पाण्डव।
येन भूतान्यशेषेण द्रक्ष्यस्यात्मन्यथो मयि॥

ज्ञानियों की भली प्रकार चरण-वन्दना कर, सेवा और निष्कपट भाव से प्रश्न तथा प्रति-प्रश्न द्वारा (शंका समाधान करके) ज्ञान प्राप्त कर। तब तत्त्व को जानने वाले ज्ञानी मनुष्य (प्रसन्न हो) तुम्हें ज्ञान का उपदेश देंगे। उस ज्ञान को प्राप्त कर तू फिर से मोह को प्राप्त नहीं होगा और हे अर्जुन! तू अपने में सब भूतों को देखेगा अर्थात् सबको अपने समान समझेगा और परमात्मा को अपने में पायेगा।

अपि चेदसि पापेभ्यः सर्वेभ्यः पापकृत्तमः।
सर्वं ज्ञानप्लवेनैव वृजिनं सन्तरिष्यसि॥
यथैधांसि समिद्धोऽग्निर्भस्मसात्कुरुतेऽर्जुन।
ज्ञानाग्निः सर्वकर्माणि भस्मसात्कुरुते तथा॥

यदि सब पापियों से भी तू अधिक पाप करनेवाला होगा, तो भी ज्ञानरूपी नौका द्वारा सब पापों को पार कर जाएगा।

जैसे जलती हुई अग्नि, उसमें डाले ईंधन को भी जला डालती है, वैसे ही ज्ञानरूपी अग्नि सब कर्मों को भस्म कर देती है। अर्थात् तब कर्मफल प्राप्त नहीं होते।

न हि ज्ञानेन सदृशं पवित्रमिह विद्यते।
तत्स्वयं योगसंसिद्धः कालेनात्मनि विन्दति॥

इस संसार में ज्ञान के समान पवित्र अन्य कुछ नहीं। योग सिद्ध हो जाने पर कर्मयोगी अपने आप ही उस ज्ञान को पा लेता है।

श्रद्धावाल्लभते ज्ञानं तत्परः संयतेन्द्रियः।
ज्ञानं लब्ध्वा परां शान्तिमचिरेणाधिगच्छति॥

श्रद्धावान् और संयत-इन्द्रिय व्यक्ति ज्ञान को प्राप्त करता है और ज्ञान को प्राप्त कर शीघ्र ही शान्ति को प्राप्त करता है।

अज्ञश्चाश्रद्दधानश्च संशयात्मा विनश्यति।
नायं लोकोऽस्ति न परो न सुखं संशयात्मनः॥

अज्ञानी तथा श्रद्धा से रहित और संशय करनेवाला व्यक्ति नाश को प्राप्त होता है (अशान्तचित्त रहकर दुःख और क्लेश पाता है)। जो व्यक्ति परमात्मा के अस्तित्व पर ही संशय करता है, उसके लिए न इस लोक में सुख है, न उसे परलोक में सुख प्राप्त होता है।

योगसंन्यस्तकर्माणं ज्ञानसंछिन्नसंशयम्।
आत्मवन्तं न कर्माणि निबध्नन्ति धनंजय॥
तस्मादज्ञानसम्भूतं हृत्स्थं ज्ञानासिनात्मनः।
छित्त्वैनं संशयं योगमातिष्ठोत्तिष्ठ भारत॥

हे अर्जुन! जिसने योग द्वारा सब कर्मों को त्याग दिया है (जो निष्काम भाव से कर्म करता है) तथा जिसने ज्ञान से चित्त के संशय दूर कर लिए हैं, ऐसे आत्मवान् (स्वावलम्बी) व्यक्ति को कर्म अथवा कर्मफल संसार में नहीं बाँधते। इस कारण हे अर्जुन! कामनाओं से रहित होकर हृदय में अज्ञान से उत्पन्न संशयों को ज्ञान की तलवार से छिन्न-भिन्न कर, उठ और कर्म में जुट जा।

न कर्तृत्वं न कर्माणि लोकस्य सृजति प्रभुः।
न कर्मफलसंयोगं स्वभावस्तु प्रवर्तते॥

कर्म करने की प्रवृत्ति, कर्म तथा कर्मफल का संयोग, ये संसार का सृजन करनेवाले परमात्मा ने ही बनाये हैं। यह स्वभाव ही है, जो कार्य कराता है।

नादत्ते कस्यचित्पापं न चैव सुकृतं विभुः।
अज्ञानेनावृतं ज्ञानं तेन मुह्यन्ति जन्तवः॥

सर्वव्यापक परमात्मा न तो किसी पाप के कर्म को और न किसी के शुभ कर्मों को ग्रहण करता है (अर्थात् इनमें हस्तक्षेप नहीं करता)। यह ज्ञान-अज्ञान से ढका हुआ है। प्राणी उनसे मोहित हो रहे हैं।

ज्ञानेन तु तदज्ञानं येषां नाशितमात्मनः।
तेषामादित्यवज्ज्ञानं प्रकाशयति तत्परम्॥

और जिनके अन्तःकरण का अज्ञान ज्ञान द्वारा नष्ट हो गया है, उनका ज्ञान सूर्य के समान स्वयं प्रकाशित हो जाता है।

तद्बुद्धयस्तदात्मानस्तन्निष्ठास्तत्परायणाः।
गच्छन्त्यपुनरावृत्तिं ज्ञाननिर्धूतकल्मषाः॥

जिसकी बुद्धि और मन उस (परमात्मा) की ओर लीन है और उस (परमात्मा) में जिसका विश्वास है तथा जिसकी आत्मा परमात्मा के आश्रय में है, वह ज्ञान से पापरहित हो पुनः (इस संसार में) न लौटने वाली स्थिति को प्राप्त हो जाता है।

विद्याविनयसम्पन्ने ब्राह्मणे गवि हस्तिनि।
शुनि चैव श्वपाके च पण्डिताः समदर्शिनः॥

विद्या तथा विनय से युक्त और ब्राह्मण, गाय, हाथी, कुत्ते तथा चाण्डाल को समभाव से देखने वाला पण्डित कहा जाता है।

पार्थ नैवेह नामुत्र विनाशस्तस्य विद्यते।
न हि कल्याणकृत्कश्चिद्दुर्गतिं तात गच्छति॥

हे अर्जुन! उस पुरुष का न तो इस लोक में, न परलोक में (न वर्तमान में, न होनवाले जन्म में) नाश होता है, क्योंकि हे प्रिय! शुभ कर्म करने वाला दुर्गति को प्राप्त नहीं होता।

तपस्विभ्योऽधिको योगी ज्ञानिभ्योऽपि मतोऽधिकः।
कर्मिभ्यश्चाधिको योगी तस्माद्योगी भवार्जुन॥

तपस्वी लोगों से, ज्ञानियों से और श्रेष्ठ कर्म करनेवालों से भी योगी श्रेष्ठ है, इस कारण हे अर्जुन! तू योगी बन।

योगिनामपि सर्वेषां मद्गतेनान्तरात्मना।
श्रद्धावान्भजते यो मां स मे युक्ततमो मतः॥

सब प्रकार के योगियों में भी जो श्रद्धावान् (दृढ़ निष्ठा वाला) चित्त लगाकर मेरा (कृष्ण का) अनुकरण करता है, मुझको निरन्तर भजता (अध्ययन करता) रहता है, वह योगी मेरे मान और प्रशंसा का पात्र है।

मय्यासक्तमनाः पार्थ योगं युञ्जन्मदाश्रयः।
असंशयं समग्रं मां यथा ज्ञास्यसि तच्छृणु॥

हे अर्जुन! मुझ (परमात्मा) में लीन मन वाला पुरुष और मेरे (परमात्मा के) आश्रय में रहता हुआ, मेरे (परमात्मा के) समग्र रूप को कैसे जानेगा, यह सुन।

ज्ञानं तेऽहं सविज्ञानमिदं वक्ष्याम्यशेषतः।
यज्ज्ञात्वा नेह भूयोऽन्यज्ज्ञातव्यमवशिष्यते॥
मनुष्याणां सहस्रेषु कश्चिद्यतति सिद्धये।
यततामपि सिद्धानां कश्चिन्मां वेत्ति तत्त्वतः॥

तेरे लिए यह ज्ञान-विज्ञान सम्पूर्णता से वर्णन करूँगा। उसको जानने के उपरान्त संसार में और कुछ भी जानने योग्य नहीं रह जाएगा। सहस्रों में कोई एक ही मनुष्य (इस ज्ञान की) सिद्धि के लिए यत्न करता है। उन ज्ञान प्राप्त करनेवालों में, कोई ही परमात्मा को तत्त्व से जानता है।

भूमिरापोऽनलो वायुः खं मनो बुद्धिरेव च।
अहंकार इतीयं मे भिन्ना प्रकृतिरष्टधा॥
अपरेयमितस्त्वन्यां प्रकृतिं विद्धि मे पराम्।
जीवभूतां महाबाहो ययेदं धार्यते जगत्॥
एतद्योनीनि भूतानि सर्वाणीत्युपधारय।
अहं कृत्स्नस्य जगतः प्रभवः प्रलयस्तथा॥

पृथ्वी, जल, अग्नि, वायु, आकाश (पंच महाभूत), मन, बुद्धि और अहंकार ये आठ प्रकार की भिन्न-भिन्न सृष्टि हैं। यह (आठ प्रकार की प्रकृति) तो अपरा (समीप अर्थात् प्रत्यक्ष) है। दूसरी सृष्टि भूतों (प्राणियों) की भी है, जो पराम् (दूर अर्थात् अप्रत्यक्ष) है। इन दोनों प्रकार की सृष्टियों को सम्पूर्ण जगत् ने धारण किया हुआ है।

इन दोनों (प्रत्यक्ष और अप्रत्यक्ष) प्रकार की सृष्टि को समझ कि मैं (परमात्मा) ही इनको उत्पन्न तथा विनष्ट करता हूँ।

मत्तः परतरं नान्यत्किञ्चिदस्ति धनञ्जय।
मयि सर्वमिदं प्रोतं सूत्रे मणिगणा इव ॥

हे अर्जुन! मुझसे परतरं (दूर–स्पर्श से परे) कुछ भी नहीं है। यह सब (जगत्) माला में मणियों की भाँति, सूत्र में पिरोया हुआ है।

चतुर्विधा भजन्ते मां जनाः सुकृतिनोऽर्जुन।
आर्तो जिज्ञासुरर्थार्थी ज्ञानी च भरतर्षभ ॥

हे अर्जुन! मेरा (परमात्मा का) चिन्तन करने वाले चार प्रकार के लोग हैं–दुःखी, जिज्ञासु, विषयों के भोग के इच्छुक तथा ज्ञानी।

तेषां ज्ञानी नित्ययुक्त एकभक्तिर्विशिष्यते।
प्रियो हि ज्ञानिनोऽत्यर्थमहं स च मम प्रियः ॥

इन (चारों) में वे ज्ञानी सदा परमात्मा से युक्त रहते (परमात्मा को स्मरण रखते) हैं, सर्वश्रेष्ठ हैं। ऐसे ज्ञानी को परमात्मा अति प्रिय होता है और परमात्मा को भी वह अतिप्रिय है।

अनन्यचेताः सततं यो मां स्मरति नित्यशः।
तस्याहं सुलभः पार्थ नित्ययुक्तस्य योगिनः ॥

हे अर्जुन! जो मनुष्य एकाग्रचित्त से सदा निरन्तर परमात्मा को स्मरण करता है, उस सदा परमात्मा से युक्त योगी को मैं (परमात्मा) सुगमता से प्राप्त हो जाता हूँ।

मामुपेत्य पुनर्जन्म दुःखालयमशाश्वतम्।
नाप्नुवन्ति महात्मानः संसिद्धिं परमां गताः ॥

सिद्धि से युक्त परम गति को प्राप्त महात्मा मुझ (परमात्मा) को प्राप्त होकर, इस अनित्य दुःख रूप जन्म को पुनः (शीघ्र) प्राप्त नहीं होता।

समः शत्रौ च मित्रे च तथा मानापमानयोः।
शीतोष्णसुखदुःखेषु समः सङ्गविवर्जितः ॥
तुल्यनिन्दास्तुतिर्मौनी संतुष्टो येन केनचित्।
अनिकेतः स्थिरमतिर्भक्तिमान्मे प्रियो नरः ॥
ये तु धर्म्यामृतमिदं यथोक्तं पर्युपासते।
श्रद्दधाना मत्परमा भक्तास्तेऽतीव मे प्रियाः ॥

जो शत्रु-मित्र को समान देखता है, मान-अपमान में समभाव रहता है, सर्दी-गर्मी और सुख-दुःख में एकसमान रहता है और संसार में आसक्त नहीं होता; और जो निन्दा-स्तुति को समान समझता है, जो मननशील है, जिस किसी प्रकार निर्वाह हो, उसी में सन्तुष्ट रहता है तथा रहने के स्थान से मोह करने वाला नहीं है, ऐसा भक्त मुझको प्रिय है। और जो मेरे परायण हुआ, श्रद्धा से युक्त व्यक्ति ऊपर वर्णित धर्मभाव अमृत का, निष्काम भाव से सेवन करता है, वह मेरा (परमात्मा) भक्त, मुझ (परमात्मा) को अति प्रिय है।

शरीरं यदवाप्नोति यच्चाप्युत्क्रामतीश्वरः।
गृहीत्वैतानि संयाति वायुर्गन्धानिवाशयात् ॥

जिस भी शरीर को जीवात्मा त्यागता है, उससे जिस शरीर को प्राप्त होता है, उसमें वह वायु में सुगन्धि की भाँति जाता है।

श्रोत्रं चक्षुः स्पर्शनं च रसनं घ्राणमेव च।
अधिष्ठाय मनश्चायं विषयानुपसेवते ॥

यह जीवात्मा श्रोत्र (कान), चक्षु, त्वचा, रसना और नाक तथा मन की सहायता से ही विषयों का सेवन करता है।

उत्क्रामन्तं स्थितं वापि भुञ्जानं वा गुणान्वितम्।
विमूढा नानुपश्यन्ति पश्यन्ति ज्ञानचक्षुषः ॥

(जीवात्मा) जब यह शरीर छोड़कर जाता है अथवा जब शरीर में स्थित हुआ गुणों से युक्त हो, विषयों का भोग करता है, तब भी इसको अज्ञानीजन नहीं जानते। अर्थात् जीवात्मा ज्ञान से ही जाना जाता है।

अहिंसा सत्यमक्रोधस्त्यागः शान्तिरपैशुनम्।
दया भूतेष्वलोलुप्त्वं मार्दवं ह्रीरचापलम् ॥

अहिंसा (किसी को कष्ट न देना), सत्य (जो जैसा है, वैसा ही) कहना, क्रोध न करना, त्याग (अनावश्यक को न रखना), शान्ति (चित्त की स्थिरता), सब प्राणियों से दया-भाव, विनम्रता, बुरे कर्म का त्याग, इन्द्रियों में दृढ़ता–

तेजः क्षमा धृतिः शौचमद्रोहो नातिमानिता।
भवन्ति सम्पदं दैवीमभिजातस्य भारत ॥

तेज (बल), क्षमा करने के लिए तत्पर, धैर्य और मन-वचन-कर्म की शुद्धता, किसी का बुरा न सोचना, अपने में अभिमान न करना, इन (ऊपर तीनों श्लोकों में बताए) भावों को दैवी सम्पदा (सम्पत्ति) मानना चाहिए।

दम्भो दर्पोऽभिमानश्च क्रोधः पारुष्यमेव च।
अज्ञानं चाभिजातस्य पार्थ सम्पदमासुरीम् ॥

पाखण्ड, घमण्ड और अभिमान, क्रोध, अज्ञान, कठोर वाणी–ये आसुरी सम्पत्ति को प्राप्त हुए व्यक्ति के लक्षण हैं –

दैवी सम्पद्विमोक्षाय निबन्धायासुरी मता ।
मा शुचः सम्पदं दैवीमभिजातोऽसि पाण्डव ॥

दैवी सम्पत्ति मुक्ति देने वाली और आसुरी सम्पदा बाँधने वाली मानी गई है। इसलिए हे अर्जुन! तुम्हें चिन्ता नहीं करनी चाहिए, क्योंकि तुम दैवी सम्पत्ति (के वातावरण) में उत्पन्न हुए हो।

द्वौ भूतसर्गौ लोकेऽस्मिन्दैव आसुर एव च।
दैवो विस्तरशः प्रोक्त आसुरं पार्थ मे शृणु ॥

हे अर्जुन! इस (मनुष्य) लोक में दो प्रकार के प्राणी पाए जाते हैं। एक दैवी स्वभाव वाले और दूसरे आसुरी स्वभाव वाले।

अहङ्कारं बलं दर्पं कामं क्रोधं च संश्रिताः।
मामात्मपरदेहेषुं प्रद्विषन्तोऽभ्यसूयकाः ॥

अहंकार, बल, घमण्ड, कामना और क्रोध के वश में हुए एवं दूसरों की निन्दा करने वाले पुरुष मुझ (परमात्मा) से द्वेष करने वाले हैं।

तानहं द्विषतः क्रूरान्संसारेषु नराधमान्।
क्षिपाम्यजस्रमशुभानासुरीष्वेव योनिषु ॥

उन द्वेष करने वाले पापियों और क्रूर कर्म करने वाले नराधमों को मैं संसार में बार-बार आसुरी योनियों में गिराता हूँ।

त्रिविधं नरकस्येदं द्वारं नाशनमात्मनः।
कामः क्रोधस्तथा लोभस्तस्मादेतत्त्रयं त्यजेत् ॥

काम, क्रोध और लोभ–नरक के ये तीन द्वार हैं। ये आत्मा का नाश करने वाले हैं। इससे इन तीनों को त्याग देना चाहिए। (आत्मा के नाश का अभिप्राय है–आत्मा में जो ऊपर उठने की अभिलाषा रहती है, मर जाती है।)

एतैर्विमुक्तः कौन्तेय तमोद्वारैस्त्रिभिर्नरः।
आचरत्यात्मनः श्रेयस्ततो याति परां गतिम् ॥

हे अर्जुन! इन तीनों नरक के द्वारों से मुक्त हुआ व्यक्ति अपने कल्याण का आचरण करता हुआ परम गति (मोक्षावस्था) की ओर जाता है।

यः शास्त्रविधिमुत्सृज्य वर्तते कामकारतः।
न स सिद्धिमवाप्नोति न सुखं न परां गतिम् ॥

जो व्यक्ति शास्त्र में बताई विधि का त्याग कर अपनी इच्छानुसार कार्य करता है, वह न तो सिद्धि (कार्य में सफलता) प्राप्त करता है और न ही परम गति और न सुख को पाता है।

तस्माच्छास्त्रं प्रमाणं ते कार्याकार्यव्यवस्थितौ।
ज्ञात्वा शास्त्रविधानोक्तं कर्म कर्तुमिहार्हसि ॥

कार्य और अकार्य में शास्त्र ही प्रमाण है। इसलिए तू शास्त्र में जैसा बताया है, वैसा ही कर्म कर। तू ऐसा करने के योग्य है।

यज्ञे तपसि दाने च स्थितिः सदिति चोच्यते।
कर्म चैव तदर्थीयं सदित्येवाभिधीयते ॥

यज्ञ, तप और दान में स्थित सत् (अनादि) ही है। (ये कर्म अनादि काल से चले आते हैं।) यह कहा जाता है कि उस परमात्मा के लिए किया हुआ कर्म भी सत् ही होता है।

(अभिप्राय यह है कि चूंकि परमात्मा अनादि है, इस कारण उसके निमित्त किया कर्म भी अनादि ही होगा।)

अश्रद्धया हुतं दत्तं तपस्तप्तं कृतं च यत्।
असदित्युच्यते पार्थ न च तत्प्रेत्य नो इह ॥

हे अर्जुन! बिना श्रद्धा के किया हुआ होम (यज्ञ) तथा बिना श्रद्धा के दिया हुआ दान, तप और कर्म, सब-कुछ असत् (चिरकाल तक न रहने वाला) माना जाता है। ऐसा कर्म न लोक में, न ही परलोक में फल देता है।

यज्ञदानतपःकर्म न त्याज्यं कार्यमेव तत्।
यज्ञो दानं तपश्चैव पावनानि मनीषिणाम् ॥

यज्ञ, दान और तपरूपी कर्म त्यागने वाले नहीं होते। वे निःसन्देह करने योग्य होते हैं। विद्वान् मनुष्यों को ये यज्ञ, दान, तप पवित्र करने वाले होते हैं।

एतान्यपि तु कर्माणि सङ्गं त्यक्त्वा फलानि च।
कर्तव्यानीति मे पार्थ निश्चितं मतयुत्तमम् ॥

हे पार्थ! ये (यज्ञ, दान, तप) कर्म और दूसरे कर्म भी आसक्ति और फलों को त्यागकर ही करने चाहिए। यह मेरा उत्तम रूप से विचार किया हुआ मत है।

नियतस्य तु संन्यासः कर्मणो नोपपद्यते।
मोहात्तस्य परित्यागस्तामसः परिकीर्तितः ॥

नियत कर्मों का त्याग करना उचित नहीं। मोहवश उनका त्याग करना तामसी त्याग कहा जाता है।

दुःखमित्येव यत्कर्म कायक्लेशभयात्त्यजेत्।
स कृत्वा राजसं त्यागं नैव त्यागफलं लभेत् ॥

जो भी कर्म है वह, दुःख का कारण है और उसे शारीरिक क्लेश के भय से त्यागा जाए, तो ऐसा त्याग राजसी त्याग कहता है और यह त्याग के फल को नहीं देता।

कार्यमित्येव यत्कर्म नियतं क्रियतेऽर्जुन।
सङ्गं त्यक्त्वा फलं चैव स त्यागः सात्त्विको मतः ॥

हे अर्जुन! जो नियत कर्म हैं, उन्हें उन कर्मों से मोह छोड़कर और फल की इच्छा का त्याग कर, किया जाए तो यह सात्त्विक कर्म कहता है।

न द्वेष्ट्यकुशलं कर्म कुशले नानुषज्जते।
त्यागी सत्त्वसमाविष्टो मेधावी छिन्नसंशयः॥

जो अकुशल (जो कुशलकारी न हो) कर्म से द्वेष नहीं करता और कुशल (कल्याणकारी) कर्म से मोह नहीं करता, सत्त्व गुण से युक्त पुरुष संशयरहित, बुद्धिमान और त्यागी कहा जाता है।

न हि देहभृता शक्यं त्यक्तुं कर्माण्यशेषतः।
यस्तु कर्मफलत्यागी स त्यागीत्यभिधीयते॥

देहधारी पुरुष के लिए सब कर्म त्यागने सम्भव नहीं हैं, इस कारण जो कर्म के फल का त्याग करता है, वही त्यागी कहा जाता है।

अनिष्टमिष्टं मिश्रं च त्रिविधं कर्मणः फलम्।
भवत्यत्यागिनां प्रेत्य न तु संन्यासिनां क्वचित्॥

कामी पुरुष को मरने के उपरान्त (नए जन्म में) कर्म का अच्छा, बुरा और मिला-जुला तीन प्रकार का फल मिलता है और जो कामना से रहित होकर कर्म करता है, उसे कर्म का फल नहीं मिलता।

बुद्धेर्भेदं धृतेश्चैव गुणतस्त्रिविधं शृणु।
प्रोच्यमानमशेषेण पृथक्त्वेन धनञ्जय॥

हे अर्जुन! बुद्धि का और धारण शक्ति का भी, गुणों के विचार से तीन प्रकार का भेद है। वह मेरे द्वारा पृथक्-पृथक् कहा हुआ सुन।

प्रवृत्तिं च निवृत्तिं च कार्याकार्ये भयाभये।
बन्धं मोक्षं च या वेत्ति बुद्धिः सा पार्थ सात्त्विकी॥

हे पार्थ! प्रवृत्ति मार्ग (कर्म में कैसे लगना चाहिए) और निवृत्ति मार्ग (कर्म का त्याग कहाँ करना चाहिए) को, साथ ही करणीय को, भययुक्त कर्म और अभययुक्त व्यवहार को, बन्धन और मुक्ति को, जो बुद्धि तत्त्व से जानती है, वह सात्त्विकी बुद्धि है।

यथा धर्ममधर्मं च कार्यं चाकार्यमेव च।
अयथावत्प्रजानाति बुद्धिः सा पार्थ राजसी ॥

हे अर्जुन! जिस बुद्धि द्वारा धर्म और अधर्म का तथा कर्तव्य और अकर्तव्य का भी ठीक-ठीक पता न चले, वह बुद्धि राजसी कही जाती है।

अधर्मं धर्ममिति या मन्यते तमसावृता।
सर्वार्थान्विपरीतांश्च बुद्धिः सा पार्थ तामसी ॥

हे अर्जुन! जो तमोगुण से आवृत हुई बुद्धि, अधर्म को धर्म मानती है और सम्पूर्ण अर्थों को विपरीत मानती है, वह तामसी होती है।

धृत्या यया धारयते मनःप्राणेन्द्रियक्रियाः।
योगेनाव्यभिचारिण्या धृतिः सा पार्थ सात्त्विकी ॥

हे अर्जुन! योग-क्रिया से हुई अविचल धारणा से (मन, प्राण और इन्द्रियों की) क्रियाओं को जो धारण करता है, वह सात्त्विक धारणा वाला मनुष्य है।

(धारणा का मतलब है विचार)।

यया तु धर्मकामार्थान्धृत्या धारयतेऽर्जुन।
प्रसङ्गेन फलाकाङ्क्षी धृतिः सा पार्थ राजसी ॥

और हे अर्जुन! फल की इच्छा करता हुआ, मोह में फँसा हुआ मनुष्य जिस धारणा के द्वारा धर्म, अर्थ और काम को धारण करता है, वह धारणा राजसी कहलाती है।

यया स्वप्नं भयं शोकं विषादं मदमेव च।
न विमुञ्चति दुर्मेधा धृतिः सा पार्थ तामसी ॥

हे अर्जुन! दुष्ट बुद्धि वाला पुरुष जिस धारणा से नींद, भय, शोक और दुःख एवं अभिमान को नहीं छोड़ता, वह धारणा तामसी है।

सुखं त्विदानीं त्रिविधं शृणु मे भरतर्षभ।
अभ्यासाद्रमते यत्र दुःखान्तं च निगच्छति॥

सुख भी तीन प्रकार का है। वह मुझसे सुन। जिस सुख से अभ्यास से रमण करता है (सुख को स्वभाव से भोगता है) और दुःख से सर्वथा बाहर हो जाता है–

यत्तदग्रे विषमिव परिणामेऽमृतोपमम्।
तत्सुखं सात्त्विकं प्रोक्तमात्मबुद्धिप्रसादजम्॥

वह (सुख) आरम्भ में तो विष के सदृश प्रतीत होता है, परन्तु परिणाम में अमृत के तुल्य हो जाता है तथा आत्मा एवं बुद्धि के संयोग, प्रसाद का रूप होता है, वह सुख सात्त्विक होता है।

विषयेन्द्रियसंयोगाद्यत्तदग्रेऽमृतोपमम्।
परिणामे विषमिव तत्सुखं राजसं स्मृतम्॥

जो सुख विषय और इन्द्रियों के संयोग से होता है, वह सुख भोग-काल में तो अमृत सदृश प्रतीत होता है, परन्तु परिणाम में विष के सदृश होता है; वह राजसी सुख कहलाता है।

यदग्रे चानुबन्धे च सुखं मोहनमात्मनः।
निद्रालस्यप्रमादोत्थं तत्तामसमुदाहृतम्॥

जो सुख भोगकाल में और परिणाम में भी आत्मा को मोहने वाला है, वह निद्रा, आलस्य और प्रमाद से उत्पन्न सुख तामसी कहलाता है।

न तदस्ति पृथिव्यां वा दिवि देवेषु वा पुनः।
सत्त्वं प्रकृतिजैर्मुक्तं यदेभिः स्यात्त्रिभिर्गुणैः॥

पृथ्वी में अथवा स्वर्ग में अथवा देवताओं में ऐसा कोई भी प्राणी नहीं, जो इन प्रकृति-जन्य गुणों से रहित हो।

ब्राह्मणक्षत्रियविशां शूद्राणां च परन्तप।
कर्माणि प्रविभक्तानि स्वभावप्रभवैर्गुणैः॥

हे अर्जुन! ब्राह्मण, क्षत्रिय, वैश्य तथा शूद्र के पृथक्-पृथक् कर्म इनके स्वभाव के गुणों के अनुसार बाँटे गए होते हैं।

शमो दमस्तपः शौचं क्षान्तिरार्जवमेव च।
ज्ञानं विज्ञानमास्तिक्यं ब्रह्मकर्म स्वभावजम्॥

शान्त चित्त, इन्द्रियों और मन पर नियंत्रण, शरीर, मन और बुद्धि में शुद्धता, सरलता तथा ज्ञान-विज्ञान एवं परमात्मा में विश्वास, ये स्वाभाविक कर्म ब्राह्मण के हैं।

शौर्यं तेजो धृतिर्दाक्ष्यं युद्धे चाप्यपलायनम्।
दानमीश्वरभावश्च क्षात्रं कर्म स्वभावजम्॥

शूरता, तेज, धैर्य, चतुराई (कार्य करने का उचित ढंग) तथा युद्ध में न भागने का स्वभाव, दान देना, परमात्मा पर विश्वास, ये स्वाभाविक कर्म क्षत्रिय के हैं।

कृषिगौरक्ष्यवाणिज्यं वैश्यकर्म स्वभावजम्।
परिचर्यात्मकं कर्म शूद्रस्यापि स्वभावजम्॥

खेती, गो-पालन और व्यापार वैश्य के स्वाभाविक कर्म हैं और सेवा-कार्य करना शूद्र का स्वाभाविक कर्म है।

श्रेयान्स्वधर्मो विगुणः परधर्मात्स्वनुष्ठितात्।
स्वभावनियतं कर्म कुर्वन्नाप्नोति किल्बिषम्॥

अपने वर्ण का धर्म सामान्य रूप से पालन किया हुआ भी दूसरे के कुशलता से पालन किए धर्म से श्रेष्ठ होता है, क्योंकि स्वभाव से वर्ण नियत होता है। इस कारण अपने स्वभाव से किए कर्म से दोष का भागी नहीं होता।

●●●

प्रश्नोत्तरी

1. गीता के मूल लेखक कौन हैं?

   (अ) यूनेस्को (ब) महर्षि वेदव्यास

   (स) अर्जुन (द) दुर्योधन

2. गीता किस महाकाव्य का एक अंश है?

   (अ) महाभारत का (ब) रामायण का

   (स) बेताल पच्चीसी का (द) पुराणों का

3. इनमें से किसने गीता पर भाष्य लिखा?

   (अ) गुरुदत्त (ब) रवीन्द्रनाथ ठाकुर

   (स) कृश्न चंदर (द) प्रेमचंद

4. गीता का उपदेश किस दिन दिया गया था?

   (अ) मार्गशीर्ष शुक्ल एकादशी को (ब) 15 अगस्त को

   (स) 26 जनवरी को (द) सप्तमी एकादशी को

5. गीता भाष्य में मधुपर्क का प्रसंग किसे अप्रामाणिक जान पड़ा?

   (अ) अर्जुन को (ब) रामशरण दास को

   (स) कृष्ण को (द) विनोबा भावे को

6. भारतीय संसद में किस दिन गीता को एक मत से राष्ट्र का गौरवशाली ग्रंथ स्वीकारा गया?

(अ) 20 दिसंबर 2011 (ब) 15 अगस्त 1990

(स) 2 अक्टूबर 1997 (द) 26 जनवरी 2010

7. गीता में कुल कितने अध्याय हैं?

(अ) 12 (ब) 10

(स) 18 (द) 5

8. गीता के अनुसार धर्म की रक्षा के लिए कौन अवतार लेता है?

(अ) अर्जुन (ब) राम

(स) भरत (द) भगवान

9. गीता के अनुसार आत्मा का स्वरूप क्या है?

(अ) अजर-अमर है (ब) तरल है

(स) पवित्र है (द) नाश योग्य है

10. गीता किस देश का राष्ट्रीय ग्रंथ है?

(अ) भारत का (ब) मुगल साम्राज्य का

(स) नेपाल का (द) मॉरिशस का

उत्तर

1. ब 2. अ 3. अ 4. अ 5. ब 6. अ 7. स 8. द 9. अ 10. द